레모니 스니켓의

위험한 대결

❷ 파충류의 방

A SERIES OF UNFORTUNATE EVENTS: #2 THE REPTILE ROOM
by Lemony Snicket, Illustrated by Brett Helquist

This Korean edition was published by Munhakdongne in 2002 by arrangement with
HarperCollins Publishers through KCC(Korea Copyright Center Inc.), Seoul.

레모니 스니켓의

위험한 대결

❷ 파충류의 방

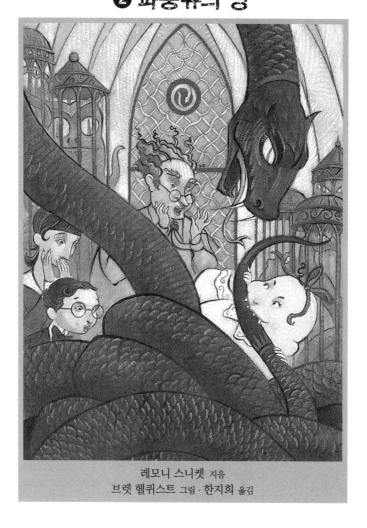

레모니 스니켓 지음
브렛 헬퀴스트 그림 · 한지희 옮김

문학동네

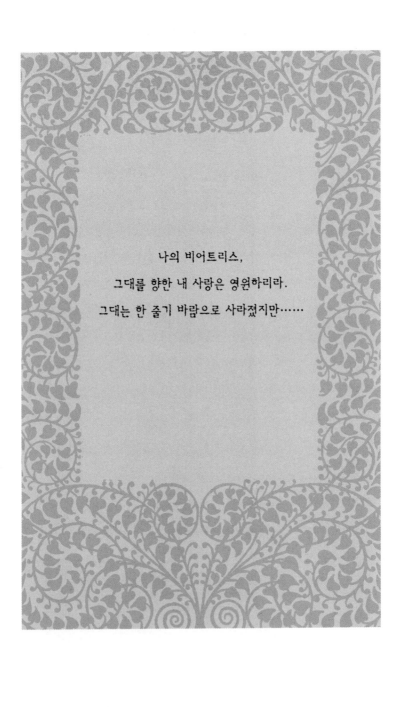

나의 비어트리스,

그대를 향한 내 사랑은 영원하리라.

그대는 한 줄기 바람으로 사라졌지만……

차례

1. 몽고메리 몽고메리

　도시 외곽으로 빠지는 길은 안개 항구를 거쳐 테디아라는 도시에 이른다. 세상에 그 길보다 기분 나쁜 곳이 또 있을까. 그 길의 이름은 이투성이 길이다. 이투성이 길은 창백한 잿빛 들판을 가로지르는데, 들판에는 추레한 사과나무 몇 그루만이 듬성듬성 눈에 띌 뿐이다. 그 나무에 열리는 사과는 얼마나 시큼한지 보기만 해도 진저리가 쳐진다는 사람들도 있을 정도이다. 들판을 가로지른 이투성이 길은 소름 강을 건너 고추냉이 공장을 빙 둘러싼 채 나아간다. 소름 강 역시 기분이 언짢기는 마찬가지여서 칙칙하고 질척질척한 흙빛 강물에 축 늘어진 물고기들이 마지못해 흐느적거린다. 사방에 공장에서 풍겨 나오는 역겨운 냄새가 진동한다.

보들레어 가의 아이들이 이 불쾌하기 짝이 없는 길을 지나는 것으로 이야기를 시작하자니 안쓰럽기만 하다. 게다가 바로 이 시점부터 아이들의 상황은 더욱 고약해진다. 여러분도 알겠지만 이 세상에는 불행하게 살아가는 사람들이 수없이 많다. 하지만 보들레어 가의 세 남매는 그 중에서도 단연 압권이다. 그 말은 세상 누구보다도 보들레어 가 아이들에게 일어난 일이 끔찍하다는 뜻이다. 아이들의 불행은 보금자리를 파괴하고 부모님의 목숨을 앗아간 어마어마한 화재와 함께 시작되었다. 보통 사람들에게는 그것만으로도 평생 견디기 힘든 고통이 될 테지만, 아이들에게 이 화재는 고작 불행의 시작일 뿐이었다. 화재가 난 후 아이들은 보들레어 집안의 먼 친척인 올라프 백작에게 맡겨졌는데, 올라프 백작은 탐욕스럽고 사악한 사내였다. 백작의 머릿속은 오로지 보들레어 가의 큰딸인 바이올렛이 성인이 되면 받게될 어마어마한 유산을 가로챌 흉계로 가득했다. 백작이 저지른 끔찍한 소행을 되새기는 건 정말 괴로운 일이다. 아직도 밤이면 그때의 기억으로 식은땀이 흐를 정도니까. 올라프 백작은 잠깐 붙잡혔다가 이내 달아나 버렸고, 언젠가 반드시 아이들의 재산을 빼앗고야 말겠다고 장담을 했다. 바이올렛, 클로스와 서니도 올라프 백작의 악몽에서 벗어나지 못했다. 뱀같이 번득이는 눈, 텁수룩한 수염, 무엇보다도 발목에 새겨진 '눈' 모양의 문신은 자다가도 비명을 지르며 깨어날 만큼 잊을 수 없는 것이었다. 아이들은 어디를 가든 백작의 '눈'이 자기들을 노려보는 것 같은 두려움에 시달려야 했다.

여기서 잠시 짚고 넘어가지 않으면 안 될 이야기가 있다. 혹시 아이들의 앞날이 장밋빛 희망으로 가득 차길 기대하면서 이 책을 펼쳤다면 얼른 덮고 다른 책을 읽으시기를. 비좁은 차에 끼어 앉아 이투성이 길의 우울한 풍경에 눈길을 던지고 있는 아이들을 기다리는 건 오직 비운과 고뇌뿐이니까. 소름 강과 고추냉이 공장의 우중충한 풍경은 그 뒤로 일어날 비극적인 사건들의 전주곡에 불과하다. 이 가여운 아이들을 떠올릴 때면 나도 모르게 힘이 빠지고 마음이 울적해진다.

아이들을 태운 초라한 자동차를 운전하는 사람은 포 아저씨이다. 보들레어 가의 친구이자 은행원인 포 아저씨는 아무 때나 재채기를 터뜨리는 것으로 알아준다. 아저씨는 아이들의 안전과 재산을 지킬 책임을 지고 있다. 그래서 올라프 백작과의 불행한 사건 이후로 시골의 먼 친척에게 아이들을 맡길 생각을 하게 되었고, 지금 아이들을 데리고 그리로 가는 중이다.

"자리가 불편하지? 미안하다. 새로 뽑은 이 차가 대형이 아니라서 말야. 너희 옷가방조차 신지를 못했으니, 원. 일주일쯤 있다가 가방을 실어다 주마."

포 아저씨는 흰 손수건에 얼굴을 묻으며 한 차례 재채기를 터뜨렸다.

"고맙습니다."

보들레어 가의 큰딸인 열네 살짜리 바이올렛이 공손히 대답했다. 하지만 바이올렛을 잘 아는 사람이라면 건성으로 한 대답이라는 것을 대번에 알아차릴 수 있을 것이다. 바이올렛이 긴 머리를 리본으로 질끈 묶었다는 건 '발명품'에 대해 골똘히 생각하고 있다는 표시다. 바이올렛의 꿈은 발명가인데, 그 질끈 묶은 머리 모양은 발명하려는 기계의 갖가지 전선, 밧줄과 톱니바퀴에 정신을 집중하기 위한 것이었다.

"지금까지 도시에 살았으니 시골에서 생활해 보는 것도 나쁘지 않을 거야. 여기서 방향을 바꿔야지. 이제 거의 다 왔다."

"잘됐네요."

클로스가 작은 소리로 대꾸했다. 차에 타기만 하면 이내 지루해하는 많은 사람들과 마찬가지로 클로스도 답답해서 몸이 뒤틀리던 참이었다. 읽을 책 한 권 없이 차에 탄 건 정말 바보 같은 짓이었다. 클로스는 책 읽기를 몹시 좋아했다. 겨우 열두 살밖에 되지 않았지만 다른 사람들이 평생에 걸쳐 읽을 책보다 더 많이 읽어 치웠다. 때로는 밤을 새우다시피 책을 읽어서 아침이면 안경을 쓴 채 한 손에 책을 쥐고 잠들어 있는 모습도 어렵지 않게 볼 수 있었다.

"아마 너희도 몽고메리 박사를 좋아하게 될 거다. 여행을 많이 다닌 분이니 흥미진진한 얘깃거리도 많을 테고. 듣기로는 세계 구석구석에서 가져온 진귀한 물건들이 집 안 가득 쌓여 있다더구나."

포 아저씨가 아이들과 지내게 될 몽고메리 박사에 관해 이야기를 꺼냈다.

"빽!"

순간 서니가 날카로운 소리를 질렀다. 보들레어 가의 막내인 서니는 이렇게 종종 뜻 모를 소리를 내지르곤 한다. 날카로운 이 네 개로 사납게 물어뜯고, 알 수 없는 소리를 힘차게 외치는 것이 서니의 주특기였다. 서니는 이 두 가지로 하루를 심심치 않게 보낼 수 있었다. 물론 서니의 외마디 소리가 무슨 뜻인지 짐작할 수 없는 때가 많다. 하지만 이번만큼은 확실히 이런 뜻이었다.

'잘 모르는 친척을 만나는 건 영 불안하단 말이야!'

그것은 서니 혼자만의 생각은 아니었다. 다른 두 아이도 같은 심정이었다.

클로스가 포 아저씨에게로 고개를 돌렸다.

"몽고메리 박사님은 저희랑 정확히 어떻게 되는 친척이에요?"

"글쎄, 그러니까 돌아가신 너희 아버지의 사촌의, 음, 부인…… 그래 그 부인의 남동생이란다. 몽고메리 박사는 과학자인데 정부에서 많은 연구 보조금을 지원받고 있어."

포 아저씨는 은행원답게 항상 돈에 관심이 많았다.

"그럼 저희는 그 분을 어떻게 불러야 돼요?"

클로스의 질문이 이어졌다.

"몽고메리 박사님이라고 부르는 게 좋을 거다. 그 분이 몽고메리 아저씨로 불러도 좋다고 허락하기 전까진 말이야. '몽고메리 몽고메리' 가 그 분의 정확한 이름이지. 다시 말해서 성도 몽고메리고 이름도 몽고메리야. 그러니 성을 따서 몽고메리 박사님이라고 부르든 이름을 따서 몽고메리 아저씨라고 하든 별 차이는 없는 셈이지."

"그 분 이름이 '몽고메리 몽고메리' 라구요?"

클로스의 입가에 미소가 떠올랐다.

"그래. 어쩌면 박사는 이름에 무척 민감할 거다. 그러니 혹시라도 이름을 조롱거리로 삼으면 안 된다."

순간 재채기가 터졌다. 손수건에 급히 얼굴을 묻느라 포 아저씨는 잠깐 말을 멈추었다.

" '조롱' 이란 무슨 뜻이냐면 다른 사람을 놀린다는 뜻이야."

"저도 그 말이 무슨 뜻인지 알아요."

클로스는 한숨을 내쉬었다. 남의 이름을 가지고 장난을 칠 생각은 꿈에도 해 본 적이 없었다. 세상에는 고아들이란 운이 지독히도 없는 애들이기 때문에 눈치도 없다고 생각하는 사람들이 있다. 맙소사, 그런 어처구니없는 생각을 하다니!

바로 그 순간 바이올렛도 낮은 한숨을 뱉어 냈다. 지금까지는 새로운 발명품에 열중하느라 고추냉이의 고약한 냄새조차 잊고 있었다. 그렇지만 몽고메리 박사의 집에 거의 다다르자 새 친척을 만난다는 생각에 안절부절못했다. 발명은커녕 어디에도 정신을 집중할 수 없었다.

"몽고메리 박사님이 과학자라고 하셨죠? 어느 분야를 연구하시나요?"

바이올렛이 물었다. 혹시 연구실을 잠깐이라도 빌릴 수 있을지도 모른다.

"글쎄, 그건 잘 모르겠는데. 너희 일을 보느라고 그런 것까지 묻고 자시고 할 시간이 없었거든. 아, 여기가 집으로 들어가는 진입로구나. 자, 이제 다 왔어."

포 아저씨는 경사가 가파른 자갈길로 차를 돌렸다. 차는 이내 장엄한 석조 건물 앞에 다다랐다. 건물에는 짙은 색 목재로 만든 네모난 현관문이 있고, 그 앞으로 기둥 대여섯 개가 여기가 현관이라고 알리기라도 하듯 죽 늘어서 있었다. 현관문 양편으로는 횃불 모양의 전등불이 아침인데도 환히 빛났다. 현관 위쪽에는 네모난 창들이 줄지어 나 있었는데, 환기를 시키느라 그런지 모두 활짝 열려 있었다.

그런데 한 가지 눈길을 확 잡아끄는 것이 있었다. 잘 정돈된 널따란 잔디밭 여기저기에 서 있는 홀쭉하고 기묘한 관목들이었다. 차가 현관 앞에 멈춰 서자 아이들은 그 관목들이 뱀 모양을 하고 있다는 걸 알 수 있었다. 울타리도 뱀 모양이었다. 긴 것, 짧은 것, 혀를 날름거리는 것, 입을 벌린 것, 녹색의 무시무시한 이빨을 드러낸 것……. 모양이 얼마나 섬뜩한지 그 곁을 지나쳐 집으로 들어가는 길에 선뜻 발을 내딛기가 겁날 정도였다.

하지만 포 아저씨는 전혀 아랑곳하지 않는 눈치였다. 포 아저씨는 울타리에는 눈길 한번 주지 않고 앞장서서 갔다. 아마도 아이들의 행실에 일일이 주의를 주느라 다른 데 신경 쓸 틈이 없는 것 같았다.

"클로스, 한꺼번에 많은 질문을 속사포같이 쏘아 대는 건 실례야. 바이올렛! 리본은 어쨌니? 그렇게 하고 있으니 눈에 좀 거슬리는구나. 그리고 서니가 몽고메리 박사를 물어뜯지 않도록 잘 지켜봐라. 첫인상이 좋아야 하니까."

마침내 포 아저씨가 현관에 서서 벨을 울렸다. 머리털이 쭈뼛 설 만큼 큰 소리가 났다. 아이들은 화들짝 놀라 정신이 얼떨떨해졌다. 한순간 정적이 흐른 뒤 뚜벅뚜벅 다가오는 발소리가 들렸다. 아이들은 서로 얼굴을 마주 보았다. 그 소리의 주인공이 누구냐에 따라 이 불운한 아이들에게 더 가혹한 불행이 닥칠지도 모를 일이었다. 아이들은 마음 속에서 자꾸 고개를 쳐드는 불안을 감출 길이 없었다. 몽고메리 박사님은 우리를 이해하고 따뜻하게 대해 줄까? 설마 올라프 백작보다 나쁘기야 하겠어? 그래도 혹시 더 고약하다면 그때는 도대체 어쩌지?

현관문이 육중한 소리를 내며 천천히 열렸다. 아이들은 어두운 실내로 들어가는 입구를 뚫어져라 바라보며 숨을 멈추었다. 바닥에는 진홍색의 카펫이 깔려 있었다. 천장에는 스테인드 글라스로 된 조명이 매달려 있고, 벽에는 대형 유화가 걸려 있었는데 서로 엉켜 있는 두 마리의 뱀을 그린 것이었다. 그런데 대체 몽고메리 박사님은 어디 있는 거지?

"아무도 안 계십니까? 여보세요?"

포 아저씨가 목청을 높였다.

"어서들 와요! 어서들 와요! 어서들 와!"

쩌렁쩌렁 우렁찬 소리가 울리더니 목소리의 주인공이 문 뒤에서 모습을 드러냈다. 작달막하고 통통한 체구와 동그란 얼굴에 홍조를 띤 남자였다.

"내가 바로 몽티 삼촌이란다. 때맞춰 잘 왔다. 지금 막 맛있는 코코넛 크림 케이크를 구웠거든!"

2. 파충류의 방

"서니는 코코넛 케이크가 싫니? 입에 통 대지를 않는구나."

몽고메리 박사가 의아한 표정으로 물었다. 아이들과 포 아저씨는 모두 케이크 한 조각씩을 앞에 놓은 채 밝은 녹색 식탁에 둘러앉아 있었다. 부엌은 케이크를 굽고 난 오븐의 열기로 훈훈했고, 케이크 역시 먹기 좋게 따끈했다. 먹음직스런 코코넛 크림을 듬뿍 바른 케이크는 맛이 환상적이었다. 바이올렛, 클로스, 몽고메리 박사는 큼지막한

조각을 거의 다 먹어치웠다. 하지만 포 아저씨와 서니는 케이크 한 귀퉁이를 포크로 깨작거리고만 있었다.

"서니는 살살 녹는 부드러운 음식은 별로 안 좋아해요. 이로 아작아작 씹을 수 있는 딱딱한 음식을 좋아하죠."

바이올렛이 서니가 케이크를 먹지 않는 이유를 설명했다.

"보통 아기들과는 많이 다르구나. 하지만 뱀들에게는 그리 특이한 일도 아니지. 북아프리카 산 '질겅이뱀'을 예로 들자면 말이다, 그 뱀은 하루 종일, 한시도 쉬지 않고 입에 먹이를 물고 있어야 해. 입 안에 든 먹이를 질겅질겅 씹어 대지 않으면 몹시 허전해하지. 안 그랬다가는 믿을 수 없는 일이 벌어진단다. 글쎄, 자기 꼬리를 먹기 시작하거든. 게다가 그 뱀은 가두어 두기도 여간 어렵지 않아. 뭐든지 씹어 망가뜨린 다음 날쌔게 빠져나가니까. 아참, 그렇지, 서니가 혹시 당근을 좋아하지 않을까? 아주 딱딱한 놈으로 하나 골라 주마."

"당근이라면 좋아할 거예요, 몽고메리 박사님!"

클로스가 거들었다.

아이들의 새로운 후견인은 일어나 냉장고 쪽으로 다가갔다. 그러다 고개를 홱 돌리더니 클로스에게 손가락을 흔들어 보였다.

"이제부터는 몽고메리 박사님이라고 부르지 마라. 듣기 거북하구나. 몽티 삼촌이라고 부르렴. 내 동료 파충류 학자들도 나를 '몽고메리 박사'라고 부르지는 않아."

"파충류 학자가 뭐예요?"

바이올렛이 질문을 던졌다.

"그럼 그 분들은 박사님을 뭐라고 부르나요?"

이번에는 클로스의 질문이 이어졌다.

"자, 자, 이제 그만! 그렇게 한꺼번에 질문하는 게 아냐."

포 아저씨가 엄한 표정으로 아이들을 나무랐다. 몽티 삼촌은 그런 아이들을 보고 빙그레 웃음을 지었다.

"괜찮습니다. 지극히 정상적인 일인걸요. 질문은 지식을 얻기 위한 가장 기초적인 단계지요. 질문은 바로 '탐구심'에서 시작 돼요. 탐구심이란 그러니까……."

"탐구심이 무슨 뜻인지 알아요. 어떤 문제에 대해 깊이 파고 들어가고 싶어하는 마음을 말하죠. 그래서 탐구심이 생기면 자꾸 질문을 던지게 되는 거예요."

클로스가 자신만만하게 대답했다. 몽티 삼촌은 커다란 당근을 서니에게 건네며 말했다.

"그 말이 무슨 뜻인지 알고 있다면 '파충류학'이 뭔지도 알겠 는걸."

"학문의 한 갈래라는 건 알아요. 무슨 무슨 '학'으로 끝나는 말은 뭔가를 연구한다는 뜻이니까요."

클로스가 대꾸했다.

"바로 뱀이야! 뱀, 뱀, 뱀! 내가 연구하는 게 바로 뱀이란다. 온갖 종류의 뱀 말이다. 난 모든 뱀을 사랑하지. 내 일은 지금까지 알려진 적 없는 뱀을 찾아 내서 여기, 내 연구실로 가지고 오는 거란다. 아프리카의 사막에서 남미의 정글에 이르기까지 내 신발이 닿지 않은 곳이 없어. 어떠냐, 흥미진진하지?"

"네, 아주 멋진데요. 그런데 위험하지는 않나요?"

바이올렛이 물었다.

"정확한 사실을 미리 조사하고 조심하기만 한다면 생각보다 그리 위험하지는 않아. 아 참, 포 씨! 댁도 당근을 좋아하십니까? 케이크에는 거의 손을 대지 않으셨군요."

순간 포 아저씨의 얼굴이 벌게졌다. 뭐라고 입을 열려는데 그 성가신 기침이 터져 나왔다. 포 아저씨는 손수건으로 입을 틀어막고 연달아 재채기를 해 댔다.

"괜찮습니다. 당근은 사양하고 싶군요, 몽고메리 박사님!"

몽티 삼촌은 아이들에게 한쪽 눈을 찡긋해 보이며 장난스런 미소를 지었다.

"포 씨도 저를 그냥 몽티라고 부르세요."

몽티 삼촌의 말에 포 아저씨는 뻣뻣하게 굳은 표정으로 대답했다.

"예, 그러죠. 그런데 이쯤 해서 아까부터 궁금했던 문제를 하나 여쭤 보고 싶군요. 연구를 위해 세계 곳곳을 여행하셨다고 들었는데요, 집을 떠나 계시는 동안 아이들을 돌봐 줄 사람이 있는지 알고 싶군요."

"저흰 저희끼리도 잘 지낼 수 있어요."

바이올렛이 재빨리 끼어들었다. 하지만 속으로는 그렇게 자신이 있는 건 아니었다. 몽티 삼촌의 뱀들이 몹시 흥미로운 건 사실이었지만, 뱀들이 우글거리는 커다란 집에 아이들끼리만 머문다는 건 전혀 다른 얘기였다.

"걱정 마세요. 저는 아이들과 함께 여행을 다닐 생각이니까요. 열흘 후면 우리는 페루에 가 있을 겁니다!"

몽티 삼촌의 말에 클로스의 두 눈이 안경 너머로 반짝반짝 빛났다.

"정말요? 정말 우릴 페루에 데리고 가실 거예요?"

"너희가 함께 가 준다면 정말 기쁘겠구나. 내 일을 좀 도와다오. 내 수석 연구 보조원인 구스타프가 어제 갑자기 일을 그만두겠다는 쪽지를 남기고 떠나 버렸어. 정말 영문을 알 수가 없구나. 절대로 그런 무책임한 짓을 할 사람이 아닌데……. 급히 구스타프를 대신할 사람을 구하기는 했지. 스테파노라는 사람인데, 도착하려면 적어도 일주일은 걸릴 게다. 일이 이렇게 되는 바람에 여행 준비를 하는 데도 지장이 많구나. 뱀을 잡을 덫이 제대로 움직이는지 일일이 점검할 사람이 필요해. 자칫하면 뱀이 다칠 수가 있거든. 게다가 정글에서 길을 잃지 않도록 지도를 보고 미리 방향을 잡아 줄 사람도 필요하고, 긴 밧줄을 적당한

길이로 자를 사람도 있어야 해."

"저는 기계에 관심이 많아요. 뱀을 잡는 덫에 대해 배울 수 있
으면 좋겠어요."

바이올렛이 포크를 핥으며 말을 꺼냈다.

"저는 뭐든 안내서면 다 좋아해요. 페루에 관한 여행 안내서
는 제게 맡겨 주세요."

냅킨으로 입가를 훔치며 클로스가 누나의 뒤를 이었다.

"쩝, 쩝!"

서니도 가만히 있을 리 없었다. 당근 한 조각을 베어 물며 서
니가 소리쳤다. 아마 이런 뜻이 아니었을까?

'긴 밧줄을 자르는 데는 저를 따를 사람이 없을 거예요. 생각
만 해도 기분이 짜릿해져요!'

"좋았어! 다들 열의가 대단하구나. 구스타프 없이도 훌륭한 여
행이 될 수 있겠다! 어쨌든 구스타프가 말 한마디 없이 사라져
버렸다는 건 정말 믿을 수 없는 일이야. 그 친구를 잃다니 난 참
운도 없지……."

몽티 삼촌의 얼굴이 돌연 어두워졌다. 곧 닥쳐올 불운을 미리
예감이라도 한 것처럼. 정말 그랬다면 구스타프를 생각하며 신
세 타령을 늘어놓을 여유 따위는 없었을 텐데. 아마 여러분도 나
와 같은 마음일 것이다. 시간을 돌이켜 몽티 삼촌에게 위험이 닥
칠 거라는 걸 알릴 수만 있었다면 얼마나 좋았을까. 하지만 이미

엎질러진 물이다. 몽티 삼촌은 싱긋 미소를 지으며 복잡한 생각을 떨쳐 내려는 듯 머리를 가로저었다.

"자, 시간을 아껴야지. 지금부터 탐사 여행을 준비해야 해. 이렇게 미적거릴 시간이 없어. 이 말은 내가 언제나 하는 말이지. 포 씨를 자동차까지 배웅해 드리자꾸나. 그런 다음 '파충류의 방'을 구경시켜 주마."

포 아저씨를 자동차까지 배웅하려면 이 집에 들어올 때 보았던 뱀 모양의 울타리가 늘어선 길을 다시 지나야 했다. 하지만 조금 전만 해도 초조하고 불안한 마음에 무섭게만 여겼던 그 길을 아이들은 이번에는 나는 듯이 지나쳐 버렸다.

"자, 얘들아."

말을 꺼내던 포 아저씨는 손수건으로 얼굴을 가린 채 또다시 기침을 터뜨렸다.

"일주일 뒤에 너희 짐을 가지고 다시 오마. 그때까지 잘 지내려무나. 몽고메리 박사가 너희를 좀 몰아세우는 것 같긴 하다만 곧 익숙해지겠지."

"아니에요, 함께 지내기에 아주 좋은 분 같아요."

클로스가 얼른 대꾸했다.

"전 '파충류의 방'을 빨리 보고 싶어서 못 견디겠어요!"

바이올렛이 흥분해서 목소리를 높였다.

"이햐!"

서니도 덩달아 소리쳤다. 그건 이런 뜻이었다.

'안녕히 가세요, 포 아저씨! 여기까지 태워다 주셔서 정말 고맙습니다.'

"그럼, 잘 있거라. 여기에서 도시까진 그리 멀지 않으니까 무슨 문제가 생기면 내게 연락해. 아니면 내가 일하는 자산관리 은행의 누구한테든지 말이다. 그럼 또 만나자."

포 아저씨가 어색하게 손수건을 흔들며 작별 인사를 전하고는 곧 차에 올랐다. 창문을 활짝 연 채로 자동차는 이투성이 길로 이어지는 가파른 자갈길을 내려가기 시작했다. 아이들은 그 뒷모습을 보며 손을 흔들었다. 제발 포 아저씨가 얼른 창을 닫아서 고추냉이의 고약한 냄새가 차 안에 들어가지 않기를 바라면서.

"밤비니! 어서 들어오너라."

현관문 사이로 몽티 삼촌이 고개를 내밀어 아이들을 불렀다. 아이들은 돌아서서 울타리 길을 달려갔다.

"바이올렛이에요, 몽티 삼촌! 제 이름은 바이올렛이구요, 남동생은 클로스예요. 아기 이름은 서니구요. 저희 중에 밤비니란 이름은 없는데요."

바이올렛의 말에 몽티 삼촌이 설명해 주었다.

"'밤비니'는 이탈리아 말로 어린아이라는 뜻이야. 난 가끔씩 이탈리아 말을 할 때가 있거든. 너희와 함께 지내게 되어 기쁜 나머지 나도 모르게 튀어나왔구나."

"몽티 삼촌은 아이들이 없으세요?"

바이올렛이 물었다.

"유감스럽게도 없단다. 사랑하는 사람과 결혼해서 단란한 가정을 꾸미고 싶은 생각은 간절하지만 생각뿐이란다. 자, 그럼 '파충류의 방'을 보러 갈까?"

"네, 빨리요!"

클로스가 기분 좋게 외쳤다.

몽티 삼촌은 뱀 그림으로 장식된 복도를 지나 넓은 층계와 아주 높은 천장이 있는 커다란 방으로 아이들을 데리고 갔다.

"너희는 이층에 있는 방을 쓰거라."

몽티 삼촌이 이층으로 올라가는 계단을 가리키며 말했다.

"아무 방이나 맘에 드는 곳을 고르도록 해. 가구도 너희 좋을 대로 바꿔 놓으렴. 포 씨의 차가 작아서 짐까지 실어 오는 건 무리였을 거야. 다음 주에 가방을 가져올 때까지 우선 필요한 물건들을 몇 가지 사야겠다. 내일 장보기 전에 사야 할 물건들을 적어 보자. 같은 속옷을 며칠씩 입는 일은 없어야 하지 않겠니?"

바이올렛은 영 믿어지지 않는 눈치였다.

"각자 자기 방을 가져도 된다구요? 정말이에요?"

"그럼, 설마 이 커다란 저택에서 달랑 방 하나를 너희 셋한테 내줄 거라고 생각했니? 대체 누가 그렇게 하겠니?"

"올라프 백작이요."

클로스가 대답하자 몽티 삼촌은 뭔가 쓴 것을 삼킨 듯 얼굴을 찡그렸다.

"그래, 그랬군. 그런 얘기를 들은 기억이 난다. 그 사람 아주 고약했던 모양이구나. 그래도 못된 짓을 일삼는 사람은 언젠가 무서운 벌을 받게 되어 있어. 이제 좀 기분이 나아졌니? 아, 바로 여기다. 짜자잔, 파충류의 방을 기대하시라!"

몽티 삼촌과 아이들은 나무로 된 기다란 문에 다가섰다. 문 한복판에 커다란 문고리가 달려 있었다. 문고리가 워낙 높이 달려 있어서 몽티 삼촌도 발꿈치를 들고 문을 열어야 했다. 삐걱거리며 문이 열리자 아이들은 놀라움과 기쁨으로 탄성을 질렀다.

파충류의 방은 유리로 되어 있었다. 벽이 온통 밝고 투명한 유리였다. 성당의 첨탑처럼 끝이 뾰족하게 올라간 천장도 역시 유리였다. 유리벽 바깥으로 보이는 잔디와 관목의 밝은 녹색이 손에 잡힐 듯 성큼 다가왔다. 파충류의 방 안에 서 있으면 집 안과 집 밖에 서 있는 기분을 동시에 느낄 수 있었다. 유리방 안의 풍경도 특별했다. 네 줄로 늘어선 나무 진열대에는 철제 우리가 가지런히 놓여 있었는데, 그 안에는 갖가지 파충류들이 갇혀 있었다. 형형색색의 뱀과 두꺼비, 도마뱀 들이 아이들의 눈을 어지럽혔다. 동물원이나 학습 도감에서조차 보지 못한 진귀한 종류도 눈에 띄었다. 등에 날개가 둘 달린 통통한 두꺼비가 있는가 하면, 현란한 노란색 줄무늬 뱃가죽에 머리가 두 개인 도마뱀도 있었다. 아래위로 입이 나란히 세 개가 달린 뱀이 있는가 하면, 아예 입이 없는 것처럼 보이는 뱀도 있었다. 부엉이를 꼭 닮은 도마뱀도 있었는데, 그 녀석은 우리 안 나뭇가지에 앉아 그 커다란 눈을 아이들에게 부라리고 있었다. 교회의 스테인드 글라스 유리창처럼 두 눈이 영롱하게 빛나는 두꺼비도 눈길을 끌었다. 그 중에는 흰 천을 씌워 놓아 그 안에 뭐가 들었는지 알 수 없는 우리도 있었다. 아이들은 양 옆으로 우리가 죽 늘어선 통로를 숨죽여 걸으며 놀라움으로 눈을 빛냈다. 어떤 동물은 친근해 보였고, 어떤 동물은 무섭게 느껴졌다. 하지만 하나같이 얼마나 신기한지 아이들은 입을 다물 줄 몰랐다. 보들레어 가의 세 남매는 우리 하나하나를 오랫동안 찬찬히 들여다보았다. 클로스는 서니를 높이 안아 올려 좀더 가까이에서 구경할 수 있게 도와주었다.

아이들은 파충류에 열중한 나머지 방 끝쪽에는 미처 눈길을 주지 못했다. 마지막 우리까지 온 아이들은 감격에 겨워 어쩔 줄을 몰랐다. 우리와 우리가 줄지어 놓은 나무 탁자들 다음에는 책이 빽빽이 꽂힌 책꽂이들이 계속해서 이어졌다. 책꽂이마다 각양각색의 책들이 가득했다. 한쪽 구석에는 책상과 의자, 책 읽을 때 켜는 램프들이 가지런히 자리잡고 있었다. 여러분도 아마 기억하겠지만 아이들의 부모님은 온갖 종류의 책들을 가지고 있었고, 아이들은 그 책들을 무척이나 그리워했다. 그래서 그 끔찍한 화재 이후로 아이들은 자기들만큼이나 책을 사랑하고 즐겨 읽는 사람을 만나면 무척 기뻐했다. 바이올렛, 클로스와 서니는 우리 안의 파충류들을 볼 때처럼 꼼꼼히 책들을 살펴보기 시작했다. 책들은 대개 뱀과 같은 파충류에 관한 내용을 담고 있었다. 예를 들어 『대형 뱀장어 입문』이라든가 『자웅동체 코브라의 사육』 같은 책들이 책꽂이에 나란히 꽂혀 있었는데, 아이들 모두, 특히 클로스는 파충류의 방에 있는 동물들에 관해서 당장 찾아보고픈 마음이 간절했다.

"정말 굉장한 곳이에요."

오랜 침묵을 깨고 마침내 바이올렛이 입을 열었다. 순간 몽티 삼촌의 얼굴이 밝게 빛났다.

"고맙다. 이 방에 있는 동물들을 수집하느라 내 평생이 걸렸지."

"저희가 이 방에 들어와도 되나요?"

이번에는 클로스가 물었다.

"되나요라니? 당연하지! 오히려 이 방에 좀 들어와 달라고 간청할 참인걸. 당장 내일 아침부터 여기서 일을 시작하자꾸나. 페루 탐사 여행을 준비하려면 단 하루도 쉬지 않고 일에 매달려야 해. 저기 있는 책상 하나를 깨끗이 치워 주마. 바이올렛은 거기 앉아 뱀을 잡을 덫을 연구하렴. 클로스는 페루에 관한 안내서를 읽고 필요한 부분을 메모해 두거라. 서니는 여기 바닥에 앉아 밧줄을 씹으면 될 테고. 우리 모두 저녁 시간까지 열심히 일하는 거야. 저녁을 먹은 다음에는 영화를 보러 가고. 혹시 내 계획에 반대하는 사람?"

세 아이는 서로 얼굴을 마주 보며 미소를 지었다. 반대라고? 불과 얼마 전까지만 해도 몰인정하고 무자비한 올라프 백작과 함께 지내며 장작을 패고 술 취한 손님들이 먹고 물린 그릇을 치우는 일까지 도맡아야 했는데 반대라고? 게다가 올라프 백작은 호시탐탐 아이들의 돈을 빼앗을 궁리에 여념이 없었다! 몽티 삼촌이 세운 일과는 더할 나위 없이 멋진 계획이었다. 삼촌을 보는 아이들의 입가에 반가운 미소가 번졌다. 반대라니, 말도 안 되지! 바이올렛과 클로스, 서니는 희망에 차서 파충류의 방을 둘러보며 몽티 삼촌과 함께하는 생활을 그려 보았다. 몽티 삼촌과 함께라면 이제 더 이상의 고생은 없겠지. 아이들의 예상은 결국 빗나가고 말지만, 적어도 지금만큼은 세 아이 모두 가슴 벅찬 희망에 부풀어 있었다.

"아니, 아니!"

서니가 외쳤다. 틀림없이 몽티 삼촌의 질문에 대한 대답이었다. 몽티 삼촌은 환한 미소를 지었다.

"좋아, 좋아! 자, 이제 어느 방을 쓸지 자기 방을 골라 보렴."

몽티 삼촌의 말이 끝나자 클로스가 수줍게 입을 열었다.

"저, 질문이 있는데요."

"말해 봐라."

"저쪽에 천을 덮은 우리 안에는 뭐가 있어요?"

몽티 삼촌은 클로스의 손가락이 가리키는 쪽을 바라보더니 이내 아이들에게로 눈길을 돌렸다. 삼촌의 두 눈은 자랑스러움과 만족감으로 빛나고 있었다.

"저건 말이다, 바로 지난번 여행에서 건진 최고의 보물이란다. 이 지구상에서 오직 구스타프와 나만이 저걸 두 눈으로 직접 확인했지. 다음 달에 열리는 파충류 학회에서 새로운 종으로 발표할 녀석이야. 그래도 너희한테라면 구경시켜 줄 수 있고말고. 자, 이리들 가까이."

아이들은 몽티 삼촌을 따라 천을 덮은 우리로 모여들었다. 몽티 삼촌은 마치 무대에라도 선 것처럼 팔을 우아하게 벌려 내저으며 천을 와락 잡아당겼다. 우리 안에는 거대한 검정색 뱀이 도사리고 있었다. 숯덩이처럼 새까만 몸뚱어리가 하수도 관만큼이나 굵직했다. 뱀의 번뜩이는 녹색 눈이 아이들을 노려보았다. 우리에서 천을 걷어 내자 뱀은 똬리를 풀더니 주르르 미끄러져 움직이기 시작했다.

"이 뱀을 처음 발견한 사람이 바로 나란다. 그래서 내가 아주 근사한 이름을 지어 주었지."

몽티 삼촌의 말에 바이올렛이 물었다.

"어떤 이름인데요?"

"이름하여 '죽음의 맹독성 살무사'!"

몽티 삼촌의 말이 끝나기가 무섭게 별안간 상상도 못 할 일이 벌어졌다. 뱀이 꼬리로 한 번 슬쩍 내리치자 뱀을 가둬 놓은 우리의 걸쇠가 풀리고 말았다. 눈 깜짝할 새에 뱀은 탁자 위로 스르르 미끄러져 나오더니 누가 미처 손쓸 겨를도 없이 그 거대한 입을 쩍 벌려 서니의 턱을 덥석 깨물어 버렸다.

3. 죽음의 맹독성 살무사

  그렇게 무시무시한 장면에서 2장을 마치다니 너무하다고? 미
안, 미안. 막 그 얘기를 쓰다가 우연히 책상에 놓인 시계를 보았
는데, 순간 아주 중대한 약속이 떠올랐던 것이다. 절친한 친구인
디루스트로 부인이 여는 만찬회를 깜빡 잊고 있었다니⋯⋯. 디
루스트로 부인은 유능한 탐정에다 훌륭한 요리사다. 딱 한 가지
흠이 있다면 초대장에 적힌 약속 시간에 5분이라도 늦는 날에는
세상이 뒤집힐 만큼 화를 낸다는 점이다. 그러니 보들레어 가 아
이들의 이야기를 팽개치고 허둥지둥 달려갈 수밖에. 옹색한 변
명이지만 이런 사정이 있었다는 걸 이해해 주길 바란다. 아마 여
러분 가운데는 결국 서니가 뱀에 물려 죽게 되었고, 그것이 몽티

삼촌네 집에서 일어났다는 불행한 사건이 아닐까 지레 짐작한 사람도 있을 것이다. 자신 있게 말하지만 이 굉장한 사건에서 서니는 용케 살아 남았다. 불행하게도 비극적인 최후를 맞는 사람은 바로 몽티 삼촌이다. 지금 당장은 아니지만.

죽음의 맹독성 살무사의 날카로운 앞니가 서니의 턱에 닿는 순간 바이올렛과 클로스는 공포에 질려 서니를 쳐다보았다. 서니는 조그만 두 눈을 질끈 감았다. 차츰 서니의 얼굴이 평온을 되찾는 듯싶더니, 씨익 웃으면서 뱀만큼이나 잽싸게 입을 쫙 벌려 뱀의 자그마하고 반질반질한 코끝을 지그시 깨무는 게 아닌가! 서니의 턱에는 희미한 잇자국만 남아 있었다. 바이올렛과 클로스가 뭐가 뭔지 모르겠다는 얼굴로 몽티 삼촌을 바라보자 삼촌의 입에서 너털웃음이 터져나왔다. 그 커다란 웃음소리는 파충류의 방 유리벽에 부딪혀 쩌렁쩌렁 울렸다.

"몽티 삼촌! 어쩌면 좋아요?"

클로스는 절망적으로 외쳤다.

"아, 정말 미안하구나."

몽티 삼촌은 눈물까지 찔끔거리며 웃고 있었다. 삼촌은 손등으로 눈가를 찍어 내며 말을 이었다.

"많이 놀랐지? 안심해라. 죽음의 맹독성 살무사는 동물의 세계에서 몇 안 되는, 사람에게 무척 우호적인 동물이거든. 서니도 그렇고 너희도 걱정할 필요가 없단다."

클로스는 천진난만하게 웃는 서니의 얼굴을 들여다보았다. 서니는 클로스의 품에 안긴 채로 죽음의 맹독성 살무사의 굵은 몸뚱이를 꼭 끌어안고 있었다. 그제야 클로스는 몽티 삼촌의 말이 거짓이 아니라는 걸 알 수 있었다.

"그럼 도대체 왜 그렇게 무서운 이름을 지으셨어요?"

몽티 삼촌은 다시 한 번 웃음을 터뜨렸다.

"그건 솔직히 '오칭'이란다. 오칭이란 잘못 지은 이름이란 뜻이야. 거기에는 그럴 만한 사정이 있지. 내가 맨 처음 이 뱀을 발견해서 이름을 지어 줬다는 얘기는 기억하지? 아무한테도 죽음의 맹독성 살무사 얘긴 하지 말아라. 파충류 학회에서 최초로 이 뱀을 발표하게 될 흥미진진한 순간을 애타게 기다리고 있으니까. 이 뱀이 인간에게 조금도 해롭지 않다는 걸 밝히기 전에 조금 충격적인 장면을 연출하고 싶거든. 파충류 학회 사람들이 잔뜩 겁을 집어먹는 꼴을 보고 싶단 뜻이야. 그 사람들이 여태껏 내 이름을 갖고 얼마나 놀려 댔는지 너희는 짐작도 못 할 거다. 내 이름과 성이 같다는 걸 이용해서 같은 말을 두 번씩 반복하는 거야. 예를 들면 '안녕, 안녕! 몽고메리 몽고메리!'라든가 '반가워요, 반가워요! 몽고메리 몽고메리!' 뭐 이런 식이지. 올해 열리는 학회에서는 죽음의 맹독성 살무사가 등장하는 깜짝쇼로 그동안 받은 설움을 되갚아 줄 거야!"

몽티 삼촌은 거드름 피우는 말투로 연설을 시작했다.

"존경하는 파충류 학회의 정회원 여러분! 저는 오늘 이 자리에서 '죽음의 맹독성 살무사'로 이름 붙인 새로운 종을 선보이려 합니다. 이 뱀이 서식하는 곳은 남서부 산악 지대의…… 아니, 이럴 수가! 뱀이 사라져 버렸잖아!"

삼촌은 빙글거리며 말을 이었다.

"어떠냐? 그럴 듯하지? 다음 장면은 불 보듯 뻔하지. 순식간에 학회장은 아수라장이 될 테고 다들 의자 위로 뛰어오르고 꽥꽥 비명을 질러 댈 거야. 그렇게 한바탕 난리법석을 떨고 있을 때 내가 점잖은 목소리로, '죽음의 맹독성 살무사는 파리 한 마리 못 죽이는 온순한 동물입니다'라고 말하는 거지. 그럼 너무 심하려나?"

바이올렛과 클로스는 마주 보며 웃음을 터뜨렸다. 우선은 서니가 무사하다는 것에 마음이 놓였고, 또 몽티 삼촌의 생각이 정말 기발했기 때문이다.

클로스가 서니를 바닥에 내려놓았다. 그러자 죽음의 맹독성 살무사가 그 굵직한 꼬리를 꿈틀꿈틀 흔들어 대며 서니를 감쌌다. 마치 좋아하는 사람을 팔로 꼭 안아 주듯이.

"그런데 이 방에 진짜 위험한 독을 가진 뱀이 있나요?"

바이올렛이 걱정스럽다는 듯 질문을 던졌다.

"그럼, 있고말고. 뱀을 연구하는 학자가 지난 40여 년 간 독사 한 마리 가까이한 적이 없다면 말이 되겠니? 지금까지 알려진 독사들의 독을 모두 채취해서 정리해 놓은 샘플이 캐비닛 하나 가득인걸. 연구를 해야 치명적인 독이 사람에게 어떻게 작용하는지 알 수 있을 테니까. 이 방에는 정말 위험한 독사도 있어. 뱀에게 물렸다는 걸 깨닫기도 전에 심장이 멈출 정도지. 또 커다란 주둥이로 단 한 번에 우리 모두를 꿀꺽 삼켜 버릴 수 있는 거대한 놈도 있고. 저기 보이는 뱀 한 쌍은 차를 운전하는 재주를 익혔는데, 얼마나 과격하게 모는지 거리에서 사람을 친다 해도 미안하단 말 한마디 없이 그대로 차를 몰걸. 그렇지만 위험한 독사들은 모두 우리에 가둬서 튼튼한 자물쇠로 채워 놓았으니 안심하거라. 어떤 뱀이건 충분한 연구를 거치면 안전하게 다룰 수 있지. 장담할 수 있단다. 뱀에 대한 공부를 게을리하지 않는 한 여기 파충류의 방에서는 어떤 사고도 일어나지 않을 게다."

자, 우리가 종종 마주치는 묘한 상황, 바로 '극적 아이러니'는 것이 보들레어 가 세 남매에게도 벌어진다. 극적 아이러니, 간단히 말하자면 이렇다. 어떤 사람이 악의 없는 얘기를 한다. 그렇지만 그 말을 듣는 또 다른 사람은 그 말이 전혀 다른, 대개는 좋지 않은 의미를 갖게 된다는 걸 알고 있다. 예를 들어 보자. 몹시 갈증이 난 사람이 음식점에서 큰 소리로 이렇게 말한다.

"마르살라 포도주를 마실 수만 있다면 당장 죽어도 좋아!"

그런데 때마침 주변에 앉은 사람들은 그 포도주에 독이 들어 있어서 한 모금 들이켜자마자 세상을 떠나게 되리라는 걸 알고 있다. 이런 것이 바로 극적 아이러니다. 극적 아이러니는 모든 걸 엉망으로 만들어 버리는 잔인한 것이기도 하다. 보들레어 가 아이들의 이야기에 극적 아이러니를 들먹이다니 마음이 좋지는 않지만, 이 세 아이의 삶에 언제부터인가 불행의 음울한 그림자 가 드리워져 있는 것을 난들 어쩌란 말인가! 극적 아이러니가 이 가여운 아이들에게 그 흉측한 머리를 쳐들어 들이대는 건 시간 문제일 뿐이다.

몽티 삼촌이 세 아이에게 파충류의 방에서는 안전하다는 이야 기를 전하는 바로 그 순간, 우리는 극적 아이러니가 서늘한 기운 을 몰고 다가오는 것을 느꼈어야 했다. 엘리베이터가 쏜살같이 아래로, 곤두박질칠 때나 아늑한 침대에 팔다리 쭉 뻗고 누워 있 는데 별안간 옷장 문이 활짝 열리면서 누군가가 뛰쳐나올 때 뱃 속에서 뭔가 쿵 하고 떨어지는 것 같은 느낌, 극적 아이러니의 예감은 바로 그런 것이다. 아무리 아이들이 안전하고 행복한 기 분에 싸여 있다고 해도, 몽티 삼촌의 말이 아이들에게 크나큰 위 안이 되었다고 해도, 여러분이나 나는 알고 있다, 곧 몽티 삼촌 은 죽음을 맞게 되고 아이들은 또다시 불행의 구렁텅이로 내던 져지게 되리라는 것을.

그렇지만 그 다음 한 주 동안 아이들은 몽티 삼촌의 저택에서 더할 나위 없이 즐거운 시간을 보냈다. 아이들은 저마다 방을 하 나씩 골라 마음에 드는 대로 꾸몄다. 그리고 매일 아침 자기 방

에서 일어나 옷을 갈아입었다. 바이올렛이 고른 방은 넓은 유리
창이 있어서 현관 쪽 잔디밭을 둘러친 뱀 모양의 울타리를 감상
할 수 있었다. 바이올렛은 그런 풍경이 발명가의 영감을 자극할
수 있을 거라고 생각했다. 몽티 삼촌이 벽에 흰 종이 쪽지를 붙
일 수 있게 허락해 준 덕분에 바이올렛은 문득 문득 떠오르는 기
발한 생각을 단 하나도 놓치지 않게 되었다. 밤에 잠을 자다가도
머릿속을 스치는 번뜩이는 생각들을 벽에 고스란히 옮길 수 있
었으니까. 클로스는 한쪽 벽의 일부가 오목하게 들어간 방을 선
택했다. 오목한 구석 자리는 무척 아늑해 조용히 휴식을 취하거
나 책을 읽기에 제격이었다. 클로스는 몽티 삼촌의 허락을 받아
서 거실에 있던 커다란 쿠션이 달린 의자를 방에 들이고 그 곁에
황동으로 된 육중한 램프도 갖다 놓았다. 매일 밤, 클로스는 그
의자에 푹 파묻혀 몽티 삼촌의 서재에서 가져온 책을 읽었다. 이
제는 침대에 어정쩡하게 엎드린 자세로 책을 읽지 않아도 되었
다. 클로스는 밤이 하얗게 새는 줄도 모르고 독서에 빠졌다가 의
자에서 새벽을 맞곤 했다. 서니의 방은 바이올렛과 클로스의 방
가운데였다. 서니의 방에는 온 집 안에서 그러모은 딱딱하고 자
질구레한 것들이 그득했다. 이젠 내키는 대로 언제든 그 잡동사
니들을 실컷 물어뜯을 수 있었다. 그 방에는 서니와 둘도 없이
다정한 친구가 된 죽음의 맹독성 살무사를 위한 장난감도 가득
했다. 서니와 이 무시무시한 이름의 살무사는 방에서 함께 장난

을 치며 즐거운 시간을 보냈다.

보들레어 가의 세 아이에게 자기 방이 있다는 건 정말 기쁘고 신나는 일이었지만 뭐니 뭐니 해도 가장 기다려지는 것은 파충류의 방에서 보내는 시간이었다. 날마다 아침을 먹고 나면 아이들은 파충류의 방에 모였다. 몽티 삼촌은 이제 얼마 남지 않은 탐사 여행 준비에 골몰해 있어서 아이들이 파충류의 방에 들어설 때쯤에는 언제나 거의 일에 빠져 있었다. 바이올렛은 뱀 잡는 덫을 연구하는 데 온 정신을 쏟았다. 밧줄이며 톱니바퀴, 우리 등이 놓인 테이블 앞에 앉아 바이올렛은 덫 작동법을 익히고 고장난 곳이 있으면 손을 보았다. 때로는 뱀들이 좀더 편안하게 지낼 수 있도록 우리를 개조해 보기도 했다. 페루에서 몽티 삼촌네 집까지 그 먼 거리를 뱀들이 편안히 여행할 수 있게 하려면 생각할 점이 한두 가지가 아니었다. 클로스는 누나 옆 테이블에 앉아 페루에 관한 책들을 읽고 또 읽었다. 꼭 기억해야 할 부분은 나중에 참고할 수 있도록 두툼한 종이철에 적어 놓기도 했다. 서니도 바닥에 앉아 긴 밧줄을 끊는 작업에 열정적으로 매달렸다.

그러나 아이들이 가장 즐거워했던 건 몽티 삼촌이 들려주는, 파충류들에 관한 신기한 이야기였다. 삼촌은 일을 하고 있는 아이들에게 '알래스카 암소 도마뱀'을 보여 주기도 했다. 기다란 녹색 도마뱀인데, 아주 맛 좋은 우유를 만들어 내는 재주가 있었다. 귀에 거슬리는 목소리로 사람 말투를 흉내 내는 '불협화음 두꺼비'도 신기한 구경거리였다. 삼촌은 또 먹물로 손을 더럽히지 않고도 '먹물 도롱뇽'을 다룰 수 있는 요령도 가르쳐 주었다. '성깔 비단뱀'이 언제 기분이 언짢아지고 언제 화가 풀리는지도 알게 되었다. 삼촌은 '녹색 삐죽눈 두꺼비'에게는 물을 너무 많이 주어서는 안 되고, '글쟁이 뱀'은 절대, 무슨 일이 있더라도 타자기 근처에 얼씬거리지 못하게 해야 한다고 일러 주었다.

몽티 삼촌은 파충류에 대한 이야기를 들려주다 방향을 잃을 때도 많았다. 말하자면 얘기가 옆길로 샐 때가 많았다는 뜻이다. 여행하며 만난 친구들 얘기를 하다가 뱀 얘기를 꺼내고, 그 다음엔 여자 얘기, 그러고는 두꺼비 얘기, 그러다 아이들 얘기, 그 뒤에는 도마뱀 얘기……. 삼촌과 가까워지면서 아이들도 차차 속얘기를 털어놓게 되었다. 돌아가신 부모님 얘길 하다 부모님이 얼마나 보고 싶은지도 마음 편하게 말할 수 있었다. 몽티 삼촌은 아이들의 이야기에 귀를 기울여 주었다. 아이들도 몽티 삼촌의 얘기를 귀담아들었다. 때로 몽티 삼촌과 아이들은 시간 가는 줄 모르고 이야기를 하다가 먹는 둥 마는 둥 저녁을 때우고 허겁지겁 삼촌의 조그만 지프에 끼여 탄 채 영화관으로 달려가기도 했다. 상영 시간에 맞추려면 어쩔 수 없는 노릇이었으니까.

그러던 어느 날 아침이었다. 아이들은 아침을 먹고 파충류의 방에 들어갔다. 방에는 몽티 삼촌 대신 쪽지 한 장이 남겨져 있었다. 그 쪽지의 내용은 이랬다.

귀여운 밤비니!

탐사 여행에 필요한 몇 가지 물건을 사러 시내에 나간다. 페루 말벌 퇴치약, 칫솔, 복숭아 통조림, 불에 타지 않는 특수한 소재로 만든 카누도 필요하지.

괜찮은 복숭아 통조림을 고르려면 시간이 좀 걸릴 거다. 어쩌면 저녁 시간까지 돌아오지 못할지도 모르겠다.

오늘 스테파노가 택시로 도착할 예정이다. 구스타프의 일을 대신할 사람이지. 다들 따뜻하게 맞아 주려무나. 알겠지만 탐사 여행까지는 이제 겨우 이틀 남았다. 각자 맡은 일에 박차를 가하도록!

아찔한 기분으로
몽티 삼촌이

쪽지를 다 읽고 나서 바이올렛이 고개를 갸웃거렸다.

"'아찔한 기분으로'라니, 왜 이런 말을 쓰셨을까?"

"그건 할 일이 많아 눈이 핑핑 돌지만 한편으론 마음이 들뜬다는 말일 거야."

클로스는 1학년 때 배운 시에서 비슷한 말을 본 적이 있었다. 클로스가 말을 이었다.

"내 생각에 몽티 삼촌은 페루 여행에 많이 들떠 계신 것 같아. 새로 온 연구 보조원 때문인지도 모르고."

"그리고 어쩌면 우리 때문인지도 몰라."

다시 바이올렛이 나섰다.

"뭉따!"

갑자기 서니가 버럭 소리를 질렀다. 그건 아마 이런 의미였을 것이다.

'둘 다 맞아!'

"삼촌뿐 아니라 솔직히 나도 아찔한 기분이야. 몽티 삼촌이랑 사는 건 정말 신나는 일이거든."

클로스가 흥분한 목소리로 말했다.

"그래. 우리 집에 불이 난 뒤로 행복은 영영 끝인 줄 알았어. 하지만 지금까지 이 집에서 지낸 시간은 정말 즐거웠잖아."

바이올렛도 클로스의 말에 맞장구를 쳤다.

"그래도 난 아직도 엄마 아빠가 너무 보고 싶은걸. 몽티 삼촌이 좋은 분이긴 하지만 예전의 우리 집에서 살고 싶어."

클로스가 힘없이 얘기했다.

"그거야 물론이지."

바이올렛은 잠시 말을 끊었다. 그러고는 지난 며칠 동안 품었던 생각을 천천히 큰 소리로 내뱉었다.

"우린 지금도 그렇고 앞으로도 영원히 엄마 아빠를 그리워할 거야. 하지만 그렇다고 꼭 비참해할 건 없어. 엄마 아빠도 우리가 불행한 걸 원치 않으실 거고."

"그거 생각나? 비 오는 날 오후에 밖에 나가지도 못하고 너무 심심해서 발톱에 빨간 매니큐어 칠했던 거?"

클로스의 말에 바이올렛이 웃으며 고개를 끄덕였다.

"그래, 그때 내가 샛노란 의자에 새빨간 매니큐어를 쏟았었는데."

"알쪼!"

서니가 조그맣게 말했다. 그 말은 이런 뜻이었다.

'그 얼룩은 절대 지워지지 않았어!'

보들레어 가의 세 남매는 행복했던 순간을 떠올리며 빙긋이 웃었다. 이제 다시 각자 맡은 일을 시작할 시간이었다. 오전 내내 아이들은 묵묵히 일에 매달렸다. 아이들은 몽티 삼촌과의 즐거운 나날도 부모님의 죽음을 잊게 할 수는 없다는 걸 깨달았다. 하지만 그 힘들었던 기나긴 시간을 보내고 난 뒤 슬픔은 차츰 희미해져 가고 있었다.

물론 이 고요한 행복의 시간은 잠시였다. 그 누구도 다가오는 불행을 막을 재간이 없었으니……

슬슬 점심밥이 생각날 시간이었다. 별안간 차 한 대가 현관 앞에 멈추더니 경적을 울렸다. 스테파노의 도착을 알리는 소리였다. 그리고 또 다른 비극의 시작을 알리는 소리이기도 했다.

"새 연구 보조원이 왔나 봐. 몽티 삼촌처럼 친절하고 따뜻한 사람이면 좋겠다!"

클로스가 『페루 산 작은 뱀 대백과』에서 눈을 떼며 말했다.

"두말하면 잔소리지."

바이올렛이 두꺼비 덫이 제대로 작동하는지 보기 위해 덫을 열었다 닫았다 하며 대꾸했다.

"페루까지 그 먼 길을 지루하고 심술궂은 사람하고 같이 간다면 얼마나 끔찍하겠어."

"까따!"

서니가 냅다 소리를 질렀다. 그 외마디 소리는 이런 뜻이었다.

'빨리 스테파노 아저씨를 보러 가자!'

아이들은 파충류의 방을 나와서 현관으로 걸어 나갔다. 뱀 모양의 울타리 옆에 택시 한 대가 서 있었다. 키가 크고 비쩍 마른 남자가 막 뒷좌석에서 내리는 참이었다. 턱수염은 길게 길렀지만 눈썹은 없었다. 남자는 번쩍이는 은빛 자물쇠가 달린 검정색 가방을 들고 있었다.

"팁은 꿈도 꾸지 마쇼. 당신은 말이 너무 많아. 세상에, 당신의 갓난쟁이에 대해 구구절절 듣고 싶은 사람이 누가 있겠어? 음, 너희구나. 난 스테파노라고 한다. 몽고메리 박사님의 새 조수지. 만나서 반갑다!"

"안녕하세요?"

바이올렛이 다가서려다 흠칫 뒤로 물러났다. 스테파노의 씨근덕거리는 목소리가 왠지 낯설지 않았다.

"안녕하세요?"

클로스가 스테파노를 올려다보았다. 스테파노의 번득이는 눈빛도 누군가와 닮은 듯했다.

"앙뇽?"

서니가 소리를 질렀다. 아직 걸음마가 서툰 서니는 바닥을 기어다녔다. 덕분에 서니는 누구보다도 결정적인 것을 보게 되었다. 스테파노는 양말을 신지 않아서 바짓단과 구두 사이의 발목이 훤히 드러나 있었다. 거기에는 너무도 낯익은, 그러나 다시는 보고 싶지 않았던 뭔가가 선명하게 새겨져 있었다.

아이들은 동시에 같은 것을 깨달았다. 누가 먼저랄 것도 없이 아이들은 으르렁거리는 개를 피하듯 슬슬 뒷걸음질치기 시작했다. 이 남자는 스테파노가 아니었다. 자기 이름을 뭐라고 둘러대든 절대 스테파노는 아니었다. 아이들은 다시 한 번 몽티 삼촌의 새 연구 보조원을 머리끝에서 발끝까지 훑어보았다. 틀림없는 올라프 백작이었다. 긴 눈썹을 면도하고 핼쑥한 턱에는 수염을 기르고 있었지만, 발목의 눈 문신만큼은 결코 숨길 수 없었다.

4. 악몽의 재회

누구나 한 번쯤 인생에서 돌이키고 싶은 순간이 있을 것이다. 순간의 잘못으로 일을 그르쳐 버렸다면 몇 년 뒤에, 그때 그렇게 하지 말았어야 했는데 하고 후회하게 될 것이다. 이를테면 바닷가를 거닐거나 세상을 떠난 친구의 무덤을 찾았을 때 오래 전 어느 날이 문득 떠오르는 식이다. 어디를 가는데 손전등 하나를 빠뜨리고 가져가지 않아서, 그 일로 엄청난 재앙이 일어났다면? 그때 왜 손전등을 준비하지 않았을까 생각해도 손을 쓰기엔 이미 너무 늦어 버린 것이다. 아, 그래도 그때 손전등을 가져갔어야 했는데…….

먼 훗날 보들레어 가의 아이들도 올라프 백작이 돌연 모습을 드러냈을 때를 떠올리면서 비슷한 심정을 느끼게 될지도 모르겠다. 클로스는 스테파노의 정체를 알아차렸던 순간을 땅을 치고 후회했다. 되돌아가려는 택시 운전사를 왜 소리쳐 부르지 않았을까. 물론 손을 쓰기엔 이미 늦어 버렸다. 아, 그래도 그때 "잠깐만요! 이 남자를 다시 데려가세요!" 했어야 했는데……. 올라프 백작이라는 걸 알아본 순간 아이들이 기겁한 나머지 잽싸게 대처하지 못한 건 당연하다. 그렇지만 앞으로 몇 년의 세월이 흐른 뒤 클로스는 잠자리에 누워 뜬눈으로 밤을 새면서 그때를 떠올릴 것이다. 만약에, 만약에 제때 적절한 행동을 하기만 했어도 몽티 삼촌의 목숨을 구할 수 있지 않았을까, 곱씹어 보고 또 곱씹어 보게 될 터였다.

클로스는 택시 운전사를 부르지 못했다. 아이들이 올라프 백작을 멍하니 바라보고 있을 때 택시는 이미 진입로를 덜컹거리며 내려가고 있었다. 아이들은 이제 숙적, 그러니까 최악의 적인 올라프 백작과 동그마니 남게 되었다. 백작은 아이들을 내려다보며 소름 끼치는 웃음을 흘렸다. '혐오 뱀'이 저녁밥으로 넣어 주는 흰쥐를 볼 때마다 짓는 것과 같은 잔인한 웃음이었다.

"누가 내 옷 가방을 방까지 들어다 주면 좋겠다. 악취 나는 길을 지나왔더니 온몸이 뒤틀리고 속이 다 울렁거리는구나. 너무 피곤해."

백작이 특유의 씨근거리는 목소리로 말했다. 바이올렛이 백작을 노려보며 대꾸했다.

"그 메스꺼운 길에 딱 어울리는 사람은 당신이에요, 올라프 백작! 우리는 당신을 이 집에 들일 생각이 없으니까 옷 가방 옮기는 것도 못 도와주겠는데요."

올라프 백작이 눈살을 찌푸렸다.

"올라프 백작? 그게 누구냐? 내 이름은 스테파노야. 몽고메리 박사의 페루 여행을 돕기 위해 여기 온 거야. 너희 세 난쟁이는 박사의 시중을 드는 하인들인 모양이로구나."

백작은 뱀 모양의 울타리 뒤에 누가 숨어서 몰래 엿보기라도 할 줄 알았는지 마구 허풍을 떨었다. 클로스는 이를 갈았다.

"우리는 난쟁이가 아니에요. 아이들이라고요. 당신도 스테파노가 아니구요. 턱수염을 기르고 눈썹을 밀긴 했어도 당신은 여전히 그 야비한 올라프 백작이고, 우리는 당신이 이 집에 못 들어오게 할 거예요."

"와따!"

서니가 날카롭게 소리질렀다. 그 소리는 마치 '맞아!' 하고 외치는 것처럼 들렸다.

올라프 백작은 아이들을 돌아가며 주의 깊게 바라보았다. 마치 재미있는 농담이라도 던지려는 듯 두 눈이 번쩍번쩍 빛났다.

"무슨 말을 하는지 통 모르겠다. 설사 너희 말이 옳더라도, 그러니까 내가 그 '올라프 백작'이라 해도 너희 행동은 무례하기 짝이 없구나. 요렇게 시건방진 꼬마들에게 화가 치미는 건 당연한 일이겠지? 헌데 내 화를 돋우면 과연 무슨 일이 일어날까?"

아이들은 백작이 으름장을 놓듯 야윈 팔을 번쩍 들어올리는 모습을 바라보았다. 백작이 포악한 데다 걸핏하면 주먹을 휘두르는 사람이라는 건 새삼 얘기할 필요도 없을 것이다. 그건 누구보다도 아이들이 가장 잘 알고 있었으니까. 아이들이 올라프 백작의 집에 살 때 백작은 클로스의 따귀를 세차게 때린 적이 있는데, 클로스는 지금도 그때 생긴 멍 자국을 생생히 기억한다. 서니 역시 새장에 갇혀서 높은 탑 꼭대기에 대롱대롱 매달린 일로 지금껏 악몽에 시달리고 있다. 바이올렛은 이 악마 같은 사내의 폭력에 희생되지는 않았지만 대신 강제로 결혼할 뻔한 아찔한 경험이 있었다. 그 끔찍한 기억을 살짝 건드리는 것만으로도 바이올렛을 뒤흔들어 놓기에는 충분했다. 바이올렛은 올라프 백작의 가방을 끌어당겨 느릿느릿 현관 쪽으로 옮겼다.

"더 높이! 더 높이 들어올리란 말이다! 가방이 땅에 질질 끌리는 건 못 참아."

백작이 거들먹거렸다.

클로스와 서니가 바이올렛을 도우려고 달려들었다. 그렇지만 모두 매달려도 가방을 들기에는 힘이 부쳤다. 백작의 가방은 생각보다 훨씬 무거웠다. 셋이 힘을 합쳐도 비틀거리며 몇 발짝 떼는 게 고작이었다. 아이들에게는 올라프 백작이 다시 눈앞에 나타난 것만으로도 엄청난 비극이었다. 친절한 몬티 삼촌 곁에서 이제야 한숨을 돌리나 싶었는데……. 하지만 무엇보다도 이 뻔뻔한 사내를 자기들의 따뜻한 보금자리에 들이려고 땀을 뻘뻘 흘리고 있다는 데 아이들은 더욱 비참한 기분을 느꼈다. 백작은 아이들 뒤에 바짝 붙어 안으로 따라 들어왔다. 고약한 입 냄새를 풀풀 풍겼다. 아이들은 낑낑대며 뱀이 엉킨 그림 아래 카펫에 가방을 옮겨 놓았다.

"고맙다, 고아 녀석들! 몽고메리 박사가 내 방이 이층에 있다고 하더군. 여기서부터는 내가 가방을 들어야겠다. 이제 저리 꺼져. 서로를 알게 될 시간은 얼마든지 있으니까."

백작이 현관문을 요란스럽게 닫으며 말했다.

"우리는 당신을 속속들이 알아요. 조금도 변하지 않았네요."

바이올렛이 백작을 노려보며 쏘아붙였다.

"너도 여전해. 그 고집이 어디 가겠어? 클로스는 책을 너무 많이 읽어서 그 멍청한 안경을 여태 쓰고 있구나. 서니는 지금도 발가락이 아홉 개겠지?"

"빽!"

서니가 빽 소리를 질렀다. 그 말은 이런 뜻이었다.

'내 발가락은 열 개란 말이야!'

"도대체 무슨 소리를 하는 거죠? 서니의 발가락은 열 개예요. 다른 사람들처럼요."

클로스가 참지 못하고 외쳤다. 올라프 백작은 도저히 믿어지지 않는다는 듯 소리를 높였다.

"그래? 그것 참 희한한 일이군. 내가 알기로는 서니가 사고로 발가락 하나를 잃었다던데……."

한순간 짓궂은 농담이라도 하려는 듯 백작이 눈을 더욱 희번덕거렸다. 백작은 누덕누덕 기운 외투 주머니에서 긴 칼을 끄집어 냈다. 식빵을 자를 때 쓰는 그런 칼이었다.

"언뜻 한 남자 얘기가 떠오르는구나. 자기 이름이 아닌 남의 이름으로 하도 여러 번 불려서 혼란스러운 나머지 실수로 그만 칼을 떨어뜨리고 말았다던가? 그런데 글쎄, 그 칼이 아기의 앙증맞은 발 위에 떨어지는 바람에 아기 발가락 하나가 잘려 나갔다지 뭐냐."

바이올렛과 클로스는 백작을 쳐다보다가 이윽고 꼬마 동생의 맨발로 눈길을 돌렸다.

"절대로 그런 일은 없을 거예요. 우리가 가만있지 않을 거니까요."

클로스가 외쳤다.

"내가 그렇게 할 수 있을지 없을지 그건 따지지 말자꾸나. 그보다 우리가 함께 이 집에 머무는 동안 나를 어떤 이름으로 부를지를 의논하는 게 어떻겠냐?"

"당신이 그런 식으로 협박한다면 스테파노라고 부를 수밖에요. 그렇지만 당신과 함께 이 집에서 오래 머물 일은 결코 없을 거예요."

바이올렛이 마지못해 대답했다.

올라프 백작, 아니 스테파노가 무슨 말을 하려는 듯 입을 열었지만 바이올렛은 더 이상 백작과 이러쿵저러쿵하고 싶지 않았다. 바이올렛은 고개를 홱 돌리고는 힘차게 발을 구르며 파충류의 방으로 들어가 버렸다. 그 뒤를 클로스와 서니가 따랐다. 여러분이 그 장면을 보았다면 아이들이 전혀 겁을 내지 않았다고 오해할지도 모르겠다. 그처럼 당당하게 말대답을 하고 태연히 방으로 들어와 버렸으니까. 하지만 방에 들어서는 순간 아이들의 얼굴엔 속마음이 그대로 드러났다. 아이들은 그야말로 겁에 질려 있었다. 바이올렛은 우리에 기대어 서서 두 손으로 얼굴을 가렸다. 클로스는 의자에 파묻혀서 부들부들 떨고 있었다. 어찌나 심하게 떠는지 두 발이 대리석 바닥에 부딪혀 덜덜대는 소리가 들릴 지경이었다. 서니는 바닥에 놓인 작은 공 위에 몸을 동그랗게 웅크렸다. 그런 서니의 모습은 너무 작아서 언뜻 보아선 눈에 띄지도 않았다. 몇 분 동안 아무도 말이 없었다. 그저 어렴 풋이 들려오는, 계단을 오르는 발짝 소리와 요란스레 쿵쾅거리는 자기들의 심장 박동에 귀를 기울일 뿐이었다.

"어떻게 우릴 찾아 냈지? 어떻게 몽티 삼촌의 조수가 된 걸까? 도대체 무슨 일을 꾸미려는 거지?"

그렇게 말하는 클로스의 목소리는 잔뜩 쉬어 있었다. 바이올렛은 얼굴에서 손을 떼고 꼬마 동생을 안아 올렸다. 서니는 두려움에 발발 떨고 있었다.

"백작이 도망가기 전에 했던 마지막 말 기억나? 어떻게든 우리 유산을 빼앗겠다고 맹세했잖아. 죽음을 무릅쓰고서라도 우리 돈을 빼앗겠다고."

바이올렛도 덜덜덜 떨고 있었다. 하지만 보들레어 가의 유산을 가로채기만 하면 아이들을 가만두지 않겠다던 올라프 백작의 말은 굳이 덧붙이지 않았다. 구태여 말할 필요가 없었다. 클로스도, 서니도 잘 알고 있는 얘기였으므로. 보들레어 가의 유산을 빼앗을 방법만 알게 되면 올라프 백작은 여러분이 버터 쿠키 한 조각을 먹어치우는 것보다도 훨씬 간단하게 아이들의 목숨을 해치울 것이다!

"이제 어떻게 하지? 몽티 삼촌이 돌아오시려면 몇 시간은 더 있어야 하는데."

클로스가 기운 빠진 모습으로 바이올렛을 쳐다보았다.

"포 아저씨한테 전화를 해 보자. 지금 은행이 한창 바쁜 시간 이긴 해도 급한 일이라면 달려와 주실 거야."

"아니. 우리 얘기를 믿으려 하지 않으실걸. 올라프 백작의 집 에서 살 때 우리가 겪었던 일을 죄다 얘기했지만 아무 소용 없었 잖아. 진상을 파악하기까지 너무 오랜 시간이 걸렸단 말야. 그냥 이 집에서 도망치는 건 어떨까? 지금 출발하면 시내에서 기차를 타고 멀리 떨어진 곳까지 달아날 수 있을 거야."

클로스가 새로운 의견을 내놓았다. 바이올렛은 고추냉이의 고 약한 냄새가 진동하는 이투성이 길을 떠올렸다. 그 길의 시큼한 사과나무 아래로 두 동생과 함께 터덜터덜 걸어간다…….

"어디로?"

바이올렛이 물었다.

"어디든지. 여기가 아니라면 어디든 좋아! 백작이 다시는 우리 를 찾을 수 없는 곳으로 멀리, 멀리 가자. 거기서 우리가 누군지 모르게 이름을 바꿔 버리는 거야."

"하지만 우리한테는 돈이 한 푼도 없어. 우리가 무슨 수로 돈 을 버니?"

바이올렛의 얼굴이 순간 어두워졌다.

"일자리를 얻으면 되잖아. 난 도서관에서 일할 수 있을지도 몰라. 누나는 기계를 만드는 공장 같은 데가 어떨까? 서니는 당 장은 힘들겠지만 몇 년 안에 일감을 구할 수 있겠지."

방 안에 정적이 흘렀다. 아이들은 몽티 삼촌을 떠나 돌봐 주는 이 하나 없이 일자리를 찾으려고 헤매 다니는 자신들의 모습을 그려 보았다. 얼마나 외롭고 힘이 들까. 아이들은 같은 생각을 하고 있었다. 엄마 아빠가 돌아가시지 않았다면 지금처럼 모든 일이 엉망진창이 되진 않았을 텐데. 엄마 아빠가 살아 계시기만 하다면 올라프 백작의 사악한 계획은 말할 것도 없고, 그 사람 집에 머물거나 그 사람에 대한 얘기를 듣는 일조차 없었을 텐데.

"우리는 이 집을 떠날 수 없어."

마침내 바이올렛이 입을 열었다.

"아무리 멀리 가더라도 올라프 백작은 우릴 찾아 내고 말 거야. 우리가 여기 있는 것도 알아 냈잖아. 올라프 백작의 부하들은 또 어쩌고? 우리가 도망칠까 봐 지금쯤 이 집을 겹겹이 둘러싸고 있을지도 몰라."

그 말에 클로스는 흠칫 몸을 떨었다. 올라프 백작의 부하들을 생각 못 하다니. 올라프 백작은 흉측하기 짝이 없는 극단 패거리의 우두머리이기도 했다. 단원들은 하나같이 백작이 손만 까딱하면 언제라도 달려들 만반의 태세를 갖추고 있는 사람들이었다. 그들은 제각기 섬뜩한 구석이 있었다. 긴 코를 가진 대머리 사내는 언제나 검은 윗옷을 걸쳤다. 유령같이 창백한 두 여자는 늘 얼굴에 하얀 분을 덕지덕지 바르고 다녔다. 남자인지 여자인지 분간이 안 되는 체구가 크고 넋 나간 표정을 한 사람도 한 패였다. 손이 있어야 할 자리에 갈고리를 달고 다니는 깡마른 사내도 잊을 수 없었다. 그래! 바이올렛의 말이 옳았다. 집 밖에서 올라프 백작의 부하들 가운데 하나라도 지켜보고 있다면 정말 큰 일이었다. 아이들이 도망칠 낌새를 눈치채는 순간 이 무시무시한 자들이 가만 있겠는가.

"우리 여기서 몽티 삼촌을 기다리자. 삼촌이 오시면 무슨 일이 있었는지 말씀드리는 거야! 몽티 삼촌은 우리 말을 믿어 주실 거야. 발목에 있는 문신에 대해 얘기해야지. 그럼 적어도 스테파노에게 설명해 보라고 하시지 않겠어?"

'스테파노'라는 말을 내뱉을 때 바이올렛의 목소리는 경멸에 가득 차 있었다. 클로스가 되물었다.

"정말 그렇게 생각해? 스테파노를 고용한 사람은 몽티 삼촌이야. 어쩌면 우리 유산이 탐나서 몽티 삼촌이랑 스테파노가 같이 일을 꾸몄는지도 몰라."

클로스가 '스테파노'를 발음할 때도 바이올렛과 마찬가지로 경멸이 넘쳤다.

"뿌따!"

서니가 소리질렀다. 그 소리는 이런 뜻이었다.

'오빠! 그런 어리석은 생각일랑 제발 하지 마!'

바이올렛은 고개를 저었다.

"서니 말이 맞아. 몽티 삼촌이랑 올라프 백작이 한 패라는 건

믿기 힘들어. 그렇게 자상하신 분이 절대 그럴 리가 없어! 만약 몽티 삼촌이 올라프 백작과 짰다면 올라프 백작이 굳이 스테파노란 이름을 왜 쓰겠어?"

"음, 내 생각이 짧았어. 그렇다면 이젠 몽티 삼촌을 기다리는 수밖에 없겠네."

클로스가 생각에 잠겨 대답했다.

"그래, 몽티 삼촌을 기다리는 거야!"

바이올렛도 동의했다.

"따쥬!"

서니도 진지한 표정이었다. 세 아이는 굳은 표정으로 서로의 얼굴을 바라보았다. 기다림이란 고통스러운 것이다. 불에 탄 쇠고기가 아직도 접시에 많이 남아 있는 판에 후식으로 먹을 달콤한 초콜릿 크림파이를 기다리는 일은 얼마나 힘든가! 지루한 9월 한 달이 고스란히 남았는데 10월 말의 할로윈 축제를 기다리는 마음 역시 애가 타기는 마찬가지다. 하지만 뭐니뭐니해도 탐욕스럽고 무시무시한 사내가 바로 위층에 있는데 보호자가 돌아오기를 기다리는 것은 가장 끔찍한 일이 아닐까 싶다. 아이들은 초조한 마음에, 다른 곳에 정신을 집중하려 해 보았다. 그렇지만 아무리 일에 매달려도 불안한 기분을 누를 수는 없었다. 바이올렛은 경첩을 단 문을 덫에 고정시켜 보았지만, 머릿속은 온통 걱정거리로 꽉 차 있었다. 클로스는 가시 돋친 페루 산 식물 주의

법을 다룬 책을 읽어 보려 했지만, 스테파노 생각에 책장을 넘기기가 힘이 들었다. 서니 역시 밧줄을 물어뜯으려고 안간힘을 써 보았다. 하지만 평소에는 투지가 넘쳐 흐르던 서니의 단단한 이는 공포로 맥이 빠져 버렸다. 서니는 죽음의 맹독성 살무사와 어울려 노는 것조차 흥미를 잃었다. 보들레어 가의 아이들은 몽티 삼촌이 돌아올 때까지 오후 내내 파충류의 방에 앉아 있었다. 방에는 무거운 침묵이 드리워졌다. 가끔 몽티 삼촌의 지프가 보이는지 내다보거나 위층에서 들리는 소리에 귀를 곤두세우는 것이 고작이었다. 스테파노의 가방에 뭐가 들었을지 따위는 아예 생각해 볼 여유도 없었다.

뱀 모양의 울타리가 석양 속에 기다랗고 앙상한 그림자를 늘어뜨릴 무렵이었다. 멀리서 자동차의 엔진 소리가 들려 왔다. 기다리던 몽티 삼촌의 지프가 집 앞에 멈추어 섰다. 차의 지붕에는 커다란 카누가 끈으로 매여 있고 뒷좌석에는 오늘 산 잡다한 물건들이 가득했다. 몽티 삼촌은 차에서 내려 끙끙대며 대여섯 개의 물건 꾸러미를 집어들었다. 그러다가 마침 파충류의 방 유리벽으로 내다보는 아이들을 발견했다. 삼촌이 반가운 미소를 보냈다. 아이들도 미소로 답했다. 몽티 삼촌에게 미소를 지었던 그 짧은 순간이 훗날 아이들에게는 또 다른 후회로 자리잡았다. 미소를 짓는 대신 얼른 현관 앞으로 뛰어나갔어야 했는데……. 그렇다면 올라프 백작의 방해 없이 몽티 삼촌과 잠깐이라도 이야기를 나눌 수 있었을 텐데……. 하지만 아이들이 현관에 다다랐을 때 삼촌은 벌써 스테파노와 이야기를 나누고 있었다.

몽티 삼촌이 미안한 기색으로 아이들을 돌아보았다.

"너희가 어떤 칫솔을 좋아하는지 알 수가 있어야지. 하는 수 없이 단단하고 뻣뻣한 털로 된 특수 칫솔을 골랐어. 내가 그런 칫솔을 좋아하거든. 페루 음식은 끈적거려서 툭하면 이에 달라붙는단다. 그러니 페루에서는 어디를 가든 여분의 칫솔을 준비해 가는 편이 좋지."

"저도 뻣뻣한 털로 만든 특수 칫솔을 좋아합니다. 카누를 안으로 옮길까요?"

스테파노는 몽티 삼촌에게 이야기하면서 번득이는 눈초리로 아이들을 쏘아보았다.

"아, 내 정신 좀 보게. 자네 혼자서는 무리일 걸세. 클로스! 스테파노 아저씨를 좀 도와 드리겠니?"

"그런데요! 꼭 말씀드려야 할 아주 중요한 얘기가 있어요."

바이올렛이 다급한 목소리로 몽티 삼촌을 불렀다.

"내 귀는 항상 열려 있지. 하지만 우선 내가 사온 페루 산 말벌 퇴치약을 보여 주마. 클로스가 페루의 해충에 관한 유용한 정보를 찾아 내서 정말 다행이야. 내가 가지고 있던 말벌 퇴치약이 아무 효과가 없다는 걸 알게 되었으니까."

아이들은 몽티 삼촌의 말이 어서 끝나기를 애타게 기다렸다.

그렇지만 아이들의 애타는 심정에는 아랑곳없이 몽티 삼촌은 꾸러미 하나를 뒤적여 뭔가를 끄집어 냈다.

"이 퇴치약에는 특수한 화학 물질, 그러니까……."

"몽티 삼촌! 지금 당장 저희 얘기를 들으셔야 해요. 당장이요."

마음이 다급해진 클로스가 몽티 삼촌의 말을 잘랐다. 삼촌은 눈썹을 휙 치켜올리고 놀란 눈으로 클로스를 바라보았다.

"클로스! 어른 말씀에 불쑥 끼여드는 건 예의에 어긋나는 짓이야. 자, 스테파노 아저씨가 카누 옮기는 걸 돕도록 해라. 네 얘기는 조금 있다가 들어 줄 테니까."

클로스는 한숨을 푹 내쉬며 스테파노의 뒤를 따라 현관문으로 나갔다. 바이올렛은 삼촌의 지프로 다가가는 스테파노와 클로스의 모습을 불안스레 지켜보았다. 몽티 삼촌은 꾸러미들을 바닥에 내려놓더니 바이올렛에게로 돌아섰다.

"해충 퇴치약에 대해 어디까지 얘기했더라. 생각이 뻗어 나가고 있는데 방해받는 건 질색이라니까."

몽티 삼촌이 여전히 언짢은 기색으로 말했다.

"저희가 몽티 삼촌께 말씀드리려는 건요……."

바이올렛은 입을 열려다 얼른 다물고 말았다. 뭔가 심상치 않은 장면이 눈에 잡혔다. 몽티 삼촌은 문을 등지고 서 있어서 스테파노의 수상쩍은 행동을 눈치챌 수 없었지만 바이올렛은 똑똑히 볼 수 있었다. 스테파노가 뱀 모양 울타리에 멈춰 서더니 외투 주머니에서 기다란 칼을 끄집어 냈다. 날카로운 칼날이 지는 햇살을 받아 번쩍 빛을 냈다. 어두운 밤, 바닷가에 서 있는 등대의 불빛처럼. 다들 알겠지만 등대는 바다를 항해하는 배들에게 경고의 메시지를 보내는 일을 한다. 여기는 뭍이니까 함부로 다가와 부딪히지 말라고 말이다. 그 칼날의 섬뜩한 빛도 경고의 뜻이었다!

클로스의 눈길이 퍼렇게 날이 선 칼에서 스테파노에게로, 다시 바이올렛에게로 옮겨졌다. 바이올렛은 클로스를 바라보다가 스테파노를, 그 다음에는 몽티 삼촌을 쳐다보았다. 서니는 모두를 빤히 올려다보았다. 단 한 사람, 몽티 삼촌만이 지금 무슨 일이 벌어지고 있는지 짐작조차 못 하고 있었다. 몽티 삼촌은 여전히 말벌 퇴치약에 대해 어디까지 얘기했는지 기억해 내려고 갖은 애를 쓰고 있었다.

"저희가 드리고 싶은 말씀은요……."

바이올렛은 다시 입을 열었지만 말을 이을 수가 없었다. 스테파노는 한마디도 하지 않았다. 아니, 그럴 필요조차 없었다. 스테파노에 대해 입이라도 벙긋하는 날이면 뱀 모양의 울타리에서 끔찍한 일이 일어나리라는 것을 바이올렛도 잘 알고 있었다. 말 한마디 하지 않았지만 보들레어 가 아이들의 숙적은 너무도 선명한 경고를 보냈던 것이다.

5. 첫 번째 경고

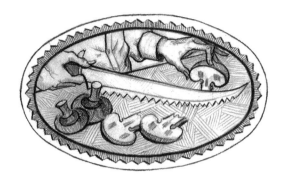

그 날 밤은 보들레어 가의 아이들이 보냈던 그 어느 날보다도 길고 고통스러웠다. 물론 고통스러운 밤이 하루 이틀이 아니었지만 말이다. 서니가 태어난 지 얼마 안 되었던 어느 날, 세 아이 모두가 지독한 독감에 걸리고 말았다. 고열에 시달리느라 밤새 한잠도 못 자고 숨을 헐떡이며 뒤척이는 아이들 곁에는 지금은 돌아가신 아버지, 보들레어 씨가 자리를 지키고 앉아 이마에 차가운 물수건을 번갈아 올려 주었다. 부모님이 돌아가셨다는 소식을 들은 비극적인 밤도 있었다. 포 아저씨의 집에 머물렀던 그 슬프고도 비참한 밤을 세 아이는 눈물로 하얗게 지새웠다. 올라프 백작과 지낼 때에도 수많은 밤을 고통 속에서 지내야 했다.

하지만 이 특별한 밤은 그 가운데서도 최악이었다. 몽티 삼촌이 집에 도착한 뒤로 잠자리에 들 때까지, 올라프 백작은 빈틈없이 아이들을 감시했다. 자기 몰래 아이들이 몽티 삼촌에게 일러바치지 않을까 잠시도 눈을 떼지 않았다. 몽티 삼촌은 여행 준비로 바빠서 어떤 낌새도 눈치채지 못했다. 스테파노는 몽티 삼촌이 사 온 물건들을 집 안으로 들일 때 한쪽 손만 썼다. 다른 한 손으로는 외투 주머니에 숨겨 놓은 칼을 움켜쥐고 있었으니까. 그런데도 몽티 삼촌은 새로 사 온 물건들에 정신이 팔려서 왜 한 손만 쓰느냐고 묻지도 않았다. 저녁 식사를 준비하러 부엌에 모였을 때였다. 스테파노는 기다란 칼로 버섯을 썰다가 아이들을 향해 위협하듯 씨익 웃음을 지어 보였다. 하지만 몽티 삼촌은 스트로가노프 소스가 끓어 넘치지 않게 들여다보느라 스테파노가 희한한 칼로 버섯을 썰고 있다는 것도 알아채지 못했다. 저녁을 먹으면서 스테파노는 갖가지 흥미로운 이야기들을 늘어놓으며 몽티 삼촌의 학문적 업적을 추어세웠다. 우쭐해진 몽티 삼촌은 스테파노가 식사 시간 내내 식탁 아래로 바이올렛의 무릎에 칼등을 대고 문지르고 있다는 것은 상상조차 하지 못했다. 식사가 끝난 뒤 몽티 삼촌은 스테파노에게 파충류의 방을 구경시켜 주겠다고 했다. 아이들이 말 한마디 없이 침실로 터덜터덜 올라가 버렸지만, 삼촌은 들뜬 기분에 아무런 의심 없이 지나치고 말았다.

태어나서 처음으로 아이들은 자기 방을 갖는다는 것이 근사한

호사가 아니라 뼈아픈 고통이 될 수도 있다는 것을 알게 되었다. 함께 있을 때는 느끼지 못했던 외로움과 무력감이 혼자 있는 방에서는 슬그머니 찾아들었다. 바이올렛은 스테파노의 속셈이 무얼까 곰곰 생각하며 벽에 붙여 놓은 종이를 뚫어져라 바라보았다. 클로스는 커다란 쿠션이 놓인 의자에 앉아 황동으로 된 램프를 켜고 책을 읽으려 했다. 하지만 마음이 무거워 책장을 펼칠 힘도 나지 않았다. 서니는 방에 널린 딱딱한 물건들을 물어뜯고 싶은 생각을 스르르 잊어버렸다.

세 아이 모두 같은 생각을 하고 있었다. 아래층으로 살짝 내려가 살그머니 몽티 삼촌의 방 문을 열고 삼촌을 깨운 다음 뭔가 단단히 잘못돼 가고 있다는 걸 알리면 어떨까. 그렇지만 몽티 삼촌의 방에 가려면 스테파노의 방 앞을 지나야 했다. 스테파노는 밤새 방문을 열고 문간에 내다 놓은 의자에 앉아 복도를 감시했다. 빠끔히 방문을 열고 복도를 내다보았을 때 아이들의 눈에 들어온 것은 머리칼을 빡빡 민 스테파노의 뒤통수였다. 어둑한 복도에서 스테파노의 파리한 머리통은 꼭 몸 위에 따로 둥둥 떠 있는 것처럼 보였다. 칼도 또렷이 보였다. 스테파노는 그 기다란 칼을 괘종시계에 달린 추처럼 규칙적으로, 천천히 흔들어 댔다. 칼이 앞으로 뒤로, 다시 앞으로 뒤로 흔들거렸다. 희미한 불빛을 받은 칼날이 시퍼렇게 번득였다. 그 장면이 얼마나 오싹하던지 아이들은 복도에 한 걸음도 내디딜 엄두를 내지 못했다.

마침내 이른 새벽의 창백한 청회색 빛이 저택을 감쌌다. 보들레어 가의 아이들은 아침을 먹으러 비척비척 부엌으로 내려갔다. 모두 뜬눈으로 밤을 새우다시피 해서 몹시 지쳐 있었다. 아이들은 몽티 삼촌의 집에 도착한 첫날 아침, 케이크를 먹었던 식탁에 둘러앉아 뜨는 둥 마는 둥 식사를 마쳤다. 처음으로 아이들은 파충류의 방에서 일과를 시작할 기분이 나지 않았다.

"그만 파충류의 방에 들어가 봐야지. 몽티 삼촌은 벌써 일하고 계실걸. 지금쯤 우리를 기다리고 계실 거야."

겨우 한 입 베어 물었을까 말까 한 토스트를 옆으로 밀어 놓으며 바이올렛이 입을 열었다.

"보나마나 스테파노도 거기 있겠지. 몽티 삼촌한테 스테파노의 정체를 얘기할 기회는 없을 거야."

클로스가 시리얼이 가득 남은 대접을 굳은 표정으로 내려다보며 말했다.

"잉끄끄."

서니가 입도 안 댄 당근을 바닥으로 떨어뜨리고 처량한 소리를 냈다.

"만약에 몽티 삼촌이 우리가 알고 있는 걸 아신다는 것만으로도, 스테파노는 우리가 아는 사실을 삼촌도 아시게 됐다는 걸 깨닫겠지. 그렇지만 몽티 삼촌은 우리가 아는 걸 알지 못하고, 스테파노도 그걸 잘 알고 있을 거란 말야."

바이올렛이 말하자 클로스가 뚱하니 대답했다.

"그건 나도 알아."

"그래, 네가 안다는 건 나도 알아. 그런데 말이야, 우리가 진짜로 알지 못하는 건 올라프 백작, 그러니까 스테파노가 노리는 게 뭐냐는 거야. 우리 유산을 가로채려고 여기까지 쫓아왔다는 건 알겠어. 하지만 몽티 삼촌이 우리를 돌봐 주고 계신데, 도대체 어떻게 유산을 빼앗겠다는 거지?"

"혹시 누나가 성인이 돼서 유산을 상속할 때까지 기다리고 있다가 그때 가서 빼앗으려는 건 아닐까?"

클로스의 말에 바이올렛은 고개를 저었다.

"4년이란 세월은 마냥 기다리기에는 아주 긴 시간인걸."

아이들은 조용히 4년 전을 더듬어 보았다. 바이올렛은 그때 열 살이었고 머리칼이 아주 짧았다. 열 살 되던 생일 무렵에는 아주 새로운 연필 깎기를 발명했었다. 4년 전이면 클로스가 여덟 살 때였다. 그때 클로스는 혜성에 무척 관심이 많아서 서재에 꽂혀 있던 천문학에 관한 책을 닥치는 대로 읽어치웠다. 서니에게 4년 전이란 풀기 어려운 수수께끼였다. 아직 태어나기도 전이었으니까. 서니는 가만히 앉아 그게 어떤 걸까 곰곰 궁리해 보았다. 아마 아주 깜깜한 걸 거야, 물어뜯을 것도 아무것도 없는. 세 아이 모두에게 4년이란 정말 오랜 시간인 것만 같았다.

"자, 자, 왜 이러고들 있니? 오늘 아침에는 다들 행동이 무척

굼뜨구나."

몽티 삼촌이 그 어느 때보다 환한 표정으로 방이 떠나가라 큰 소리를 냈다. 삼촌은 한 손에 접은 종이 한 다발을 쥐고 있었다.

"스테파노는 근무 첫날인데도 벌써 파충류의 방에서 일하고 있다. 나보다도 일찍 일어났더구나. 층계를 내려오는 길에 만났지. 굉장히 부지런한 친구야. 그런데 오늘 아침 너희 셋은 꼭 '형가리 굼벵이 뱀'처럼 굴고 있잖니. '형가리 굼벵이 뱀'은 아무리 빠른 속도로 움직여도 한 시간에 고작 1센티미터밖에 못 가는 뱀이야. 할 일이 산더미란다. 저녁 여섯 시에 상영되는 〈눈 속의 좀비들〉을 놓치고 싶지 않으면 서두르자꾸나. 얼른, 얼른, 얼른!"

바이올렛은 몽티 삼촌을 올려다보았다. 어쩌면 지금이야말로 몽티 삼촌에게 얘기를 털어놓을 마지막 기회일지도 모른다. 하지만 몽티 삼촌이 워낙 들떠 있어서 자기들 말을 곧이들어 줄지는 자신할 수 없었다.

"저, 스테파노 아저씨 말인데요, 좀 드릴 말씀이 있어요."

바이올렛이 머뭇거리며 말을 꺼냈다. 몽티 삼촌의 두 눈이 돌연 둥그레졌다. 몽티 삼촌은 스파이가 숨어서 엿보기라도 하는 듯 주변을 샅샅이 둘러보곤 허리를 굽혀 속삭이기 시작했다.

"나도 할 말이 있단다. 스테파노가 왠지 의심스럽단 말이야. 그 점에 대해서 너희와 의논하고 싶구나."

몽티 삼촌의 얘기에 아이들은 안도의 숨을 내쉬며 서로를 바라보았다.

"몽티 삼촌도 그렇게 느끼셨어요?"

클로스가 물었다.

"그렇다니까. 어젯밤 스테파노에게 아주 미심쩍은 구석이 있다는 걸 깨달았어. 워낙 인상이 무시무시하잖니? 그래서……."

몽티 삼촌이 다시 한 번 조심스레 주변을 둘러보더니 목소리를 더욱 낮춰 말을 이었다. 삼촌의 말을 알아들으려면 숨소리도 내지 말아야 할 정도였다.

"밖에 나가서 얘기할까? 그게 좋겠지?"

아이들은 찬성의 표시로 고개를 끄덕이고는 자리에서 벌떡 일어섰다. 식탁엔 먹다 남은 아침밥이 그대로 놓여 있었다. 밥을 먹은 뒤에는 마땅히 식탁을 치워야 하지만 오늘은 긴급 상황이었다. 한 번쯤 설거지를 빼먹은들 무슨 대수겠는가. 아이들은 몽티 삼촌을 따라 서로 엉킨 두 마리 뱀 그림을 지나고 현관을 나와 잔디밭에 이르렀다. 네 사람은 자기들끼리가 아니라 꼭 뱀 모양 울타리에게 할 얘기가 있기라도 한 듯 울타리 앞에 옹기종기 모여 섰다.

"내가 자부심이 지나쳐서가 아니라, 그러니까 내 말은 잘난 척해서가 아니라는 뜻이다, 하여간 솔직히 난 파충류 학계에서 전 세계적으로 가장 인정받는 학자들 중 하나란다."

클로스는 눈을 깜박였다. 이건 올라프 백작에 관한 대화의 시작치고는 전혀 예상치 못한 것이었다.

"물론 몽티 삼촌은 아주 유능한 학자세요. 그런데……."

"바로 그 점 때문에 나에겐 애석한 일이 적지 않았다. 시샘하는 사람이 무척이나 많았으니까."

몽티 삼촌은 클로스의 이야기를 듣지 못한 듯 말을 이었다.

바이올렛이 당황해하며 대답했다.

"저도 그랬으리라 생각해요."

몽티 삼촌은 어찌할 바를 모르겠다는 듯 머리를 흔들어 댔다.

"그런데 사람이 질투심이 생기면 정말 어처구니없는 일도 저지를 때가 있더구나. 제정신으로는 도저히 납득할 수 없는 일을 하는 거야. 내가 학위를 딸 때의 일이었어. 나하고 한 방을 쓰던 동료가 내가 새로운 종의 두꺼비를 발견하자 질투심으로 머리가 반쯤 돌아 버렸지 뭐냐. 그래서 그 두꺼비를 몰래 훔쳐서는 꿀꺽 삼켜 버린 거야. 결국 두꺼비를 공개하는 발표장에서 무슨 일이 있었는지 짐작이 가니? 두꺼비 대신 그 친구의 뱃속을 엑스레이로 비추는 해괴망측한 일을 벌여야 했어. 그런데 그때와 비슷한 일이 바로 여기 내 집에서 일어나고 있다는 느낌이 들거든."

도대체 몽티 삼촌이 무슨 얘기를 하고 있는 거지?

"죄송하지만 잘 이해가 가지 않거든요. 무슨 얘기를 하시는 건가요?"

클로스가 될 수 있는 대로 정중하게 물었다.

"어젯밤, 너희가 잠자리에 든 뒤에 있었던 일이야. 스테파노가 온갖 종류의 뱀과 며칠 후에 있을 탐사 여행에 대해 별의별 것을 꼬치꼬치 캐묻더구나. 왜 그랬는지 알겠니?"

"네, 알 것 같아요."

그러고서 바이올렛은 그 이유를 대려 했지만 몽티 삼촌이 말을 가로막았다.

"자칭 스테파노라고 하는 이 자의 정체는 틀림없이 파충류 학회의 회원일 게다. 죽음의 맹독성 살무사를 찾으러 여기 온 거란 말이지. 예정된 발표일 전에 내 업적을 가로채려는 꿍꿍이야. 말하자면 선취권을 빼앗으려는 거지. 혹시 선취권이 무슨 뜻인지 알고 있니?"

"아뇨. 그렇지만……."

바이올렛이 입을 열었지만 이번에도 몽티 삼촌이 말을 잘랐다.

"선취권이란 먼저 발견한 사람이 갖게 되는 권리란다. 그러니까 내 말뜻은 스테파노가, 내가 발견한 죽음의 맹독성 살무사를 가로챈 다음 파충류 학회에 마치 자기가 발견한 것처럼 발표해 버리려는 속셈을 품고 있다는 거야. 이 뱀은 아주 새로운 종이어서 내가 맨 처음 발견했다는 걸 증명할 길이 없거든. 그렇게 되면 죽음의 맹독성 살무사에게는 '스테파노 뱀'이나 뭐 그런 끔찍한 이름이 붙게 될 거다. 만약 스테파노가 그런 계략을 품고 있다면 페루 탐사 여행에서 무슨 짓을 할지 미리 생각해 둬야 돼. 우리가 잡은 두꺼비나 시험용 튜브에 보관하게 될 뱀 독 표본에도 손을 대지 못하게 철저히 관리를 해야겠지. 또 갖가지 뱀의 특성에 대해 녹음한 내용이나 탐사 여행의 기록에 이르기까지 별별것들이 이 파충류 학회의 스파이 손에 넘어가지 않도록 조심을 해야 한단 뜻이다."

"그 사람은 파충류 학회의 스파이가 아니에요. 올라프 백작이라구요!"

클로스가 못 견디겠다는 듯 내뱉었다. 몽티 삼촌은 더욱 열을 올렸다.

"네 말뜻은 알겠다. 이런 비열한 짓은 올라프 백작 같은 악당이나 저지를 법한 일이라는 거지? 그래, 그래서 내가 결단을 내렸지. 자, 보렴, 내가 지금부터 뭘 하려는지."

몽티 삼촌은 접은 종이 뭉치를 쥔 손을 번쩍 들어올려 흔들어 댔다.

"너희도 알겠지만 내일 우리는 페루로 출발한다. 이건 내일 다섯 시에 출발하는 프로스페로 호의 탑승권이야. 그 배를 타고 바다를 건너 남아메리카로 가는 거지. 한 장은 내 것, 여기 이것들은 바이올렛과 클로스 것, 그리고 나머지 한 장은 스테파노의 표야. 서니의 표는 준비하지 않았어. 서니는 옷 가방에 숨겨서 데려갈 생각이다. 돈을 아껴야 하니까."

"디뽀!"

"농담이다, 농담. 하지만 이건 진짜야."

몽티 삼촌은 흥분해 벌게진 얼굴로 접은 종이 뭉치에서 표 한 장을 뽑아 들더니 갈기갈기 찢어 버렸다.

"이 표는 스테파노 거다. 이제 그 친구는 우리하고 같이 페루에 갈 수 없게 된 거야. 내일 아침, 내가 직접 스테파노에게 이 집에 남아 표본을 돌볼 사람이 필요하다는 얘기를 하도록 하마. 그것만이 우리가 탐사 여행을 평화롭고 성공적으로 마칠 수 있는 유일한 방법이야."

"하지만, 몽티 삼촌!"

"클로스! 몇 번이나 말해야 알겠니? 어른이 말씀하시는 데 불쑥 끼여드는 건 예의가 아니라고 했지?"

몽티 삼촌은 고개를 절레절레 흔들며 말을 이었다.

"너희가 뭘 걱정하는지 내가 모르는 게 아니다. 스테파노가 죽음의 맹독성 살무사와 여기 머무른다면 무슨 일이 벌어질지 그게 걱정스러운 거지? 하지만 걱정 마라. 이번 탐사 여행에 그 녀석을 데리고 갈 작정이니까. 아, 너희 표정이 왜 그렇게 굳어 있어? 서니야, 난 네가 죽음의 맹독성 살무사와 함께 여행할 수 있게 되어 기뻐할 줄 알았는데 왜 그러니? 그렇게 걱정스러운 표정들 짓지 마라! 너희도 벌써 알고 있겠지만 이 몽티 삼촌은 어떤 어려움이라도 거뜬히 이겨 낼 수 있어."

누군가가 조금 잘못하고 있다면 왜, 그리고 어디가 어떻게 잘못됐는지 설명하기란 그리 어렵지 않은 법이다. 예를 들어 식당 종업원이 내가 주문한 에스프레소 마키아토 커피에 저지방 우유 대신 무지방 우유를 넣었다고 하면 어디가 어떻게 잘못되었는지 쉽게 이야기할 수 있다. 하지만 상상을 초월할 만큼 엄청난 잘못이 벌어지고 있을 때 할 수 있는 일이란 별로 없다. 이를테면 식당 종업원이 주문을 받는 대신 와락 달려들어 코를 물어뜯었다면? 아마 그랬다면 너무 놀라서 벌어진 입을 다물지도 못하고 휘둥그레진 눈으로 눈꺼풀을 깜박이는 게 고작일 거다. 그런 어처구니없는 사태에 즉각 반응할 수 있는 사람이란 그리 많지 않을 테니까. 이것이 바로 지금 보들레어 가 아이들이 처한 상황이었다. 스테파노를 올라프 백작이 아니라 파충류 학회의 스파이로 착각하다니, 잘못돼도 한참이나 잘못된 몽티 삼촌의 생각에 아이들은 머릿속이 캄캄해졌다.

"얘들아! 얼른 가 보자꾸나. 얘기를 하느라 소중한 아침 시간을 다 빼앗기겠어. 이제 가야…… 앗, 아!"

문득 몽티 삼촌이 외마디 비명을 질렀다.

"몽티 삼촌!"

클로스가 빽 소리를 질렀다. 번쩍이는 커다란 물체가 몽티 삼촌을 짓누르고 있었다. 황동으로 만든 무거운 램프였다. 클로스의 방, 커다란 쿠션이 있는 의자 옆에 세워 두었던 바로 그 램프.

"아!"

몽티 삼촌이 램프를 밀치며 다시 한 번 소리질렀다.

"정말 아프구나. 어깨를 삐었는지도 모르겠어. 그나마 불행 중 다행이라면 램프가 내 머리 위로 떨어지지 않은 거지. 만약 그랬더라면…… 생각만 해도 끔찍하다!"

"그런데 왜 난데없이 램프가 떨어졌을까요?"

바이올렛이 의아해하며 물었다.

"틀림없이 창문에서 떨어진 거야."

그러면서 몽티 삼촌은 클로스의 방을 가리켰다.

"저 방이 누구 방이지? 그래, 클로스의 방이로구나. 앞으로는 좀 조심하도록 해라. 창가에 이렇게 무거운 걸 함부로 놓으면 되겠니? 봐라! 무슨 일이 일어났는지."

"하지만 저는 창문 근처에 램프를 놓은 적이 없어요. 램프는 방의 움푹 들어간 벽에 두었다구요. 그래야 큰 의자에 앉아 불을 켜고 책을 읽을 수 있거든요."

클로스가 말했다. 몽티 삼촌은 일어서서 클로스에게 램프를 건넸다.

"자, 자, 그만, 클로스! 그렇다면 램프가 혼자 춤이라도 추면서 창가로 와서 내 어깨 위로 뛰어내렸다는 거냐? 다시 네 방에 갖다 놓아라. 이번엔 좀더 안전한 곳에 놓도록 해. 자, 앞으로는 이 문제에 대해 더 이상 얘기하지 말아라."

"하지만……."

클로스가 입을 열었지만 바이올렛이 동생을 막고 나섰다.

"내가 도와줄게, 클로스! 어디다 두면 안전할지 찾을 수 있을 거야."

"너무 오래 걸리진 않았으면 좋겠구나. 그럼 파충류의 방에서 보자. 가자, 서니!"

몽티 삼촌이 아픈 어깨를 문지르며 말했다.

네 사람은 현관 입구의 홀을 지나 층계 앞에서 흩어졌다. 몽티 삼촌과 서니는 파충류의 방의 거대한 문으로, 바이올렛과 클로스는 무거운 황동 램프를 든 채 클로스의 방으로.

"누나는 잘 알 거야. 램프를 그렇게 허술하게 놓아 둘 만큼 내가 부주의하지 않다는 걸 말야."

클로스가 소리 죽여 말했다.

"당연히 알지. 하지만 몽티 삼촌께 사실을 말씀드려도 달라지는 건 없어. 스테파노가 파충류 학회의 스파이라고 철석같이 믿고 계시니까. 이런 짓을 저지를 사람은 너도 알겠지만 스테파노밖에 없어."

바이올렛이 속삭였다.

"그걸 알아채다니 영리하기도 하지."

갑자기 계단 위에서 비꼬는 목소리가 들려 왔다. 바이올렛과 클로스는 기겁해서 하마터면 램프를 떨어뜨릴 뻔했다. 목소리의 주인공은 스테파노, 아니, 여러분이 이 이름이 편하다면, 올라프 백작이었다.

"역시 똑소리가 난다니까. 내 취향에 맞지 않게 지나치게 머리가 휙휙 돌아가거든. 그래도 내 계획을 망치지는 못할 게다. 모든 것이 내 마음먹은 대로 될 테니까."

"하지만 당신은 그리 똑똑한 편이 아니더군요. 이 무거운 램프가 우리에게 떨어질 뻔했다구요. 나와 누나, 그리고 서니에게 무슨 일이 일어난다면 우리 돈은 허공으로 날아가 버린다는 걸 잊지는 않았겠죠?"

클로스가 사나운 기세로 되받았다. 스테파노는 씨익 이를 드러내며 징그러운 웃음을 지었다.

"저런, 저런. 내가 너희를 해치려 했다면 너희의 피는 벌써 폭포수처럼 이 계단 위로 흘러 넘쳤을 게다. 고아 녀석들아, 이 집에서는 너희 셋 중 누구 하나라도 머리카락 하나 상하지 않게 할 거야. 그러니 최소한 이 집에서는 나를 두려워할 필요가 없단다. 쥐도 새도 모르게 일을 치를 곳을 찾게 될 때까지는 말이지."

"그런 곳이 대체 어디 있겠어요? 우린 성인이 될 때까지 이 집에 있을 건데요."

바이올렛이 말했다.

"아, 그렇던가? 그렇다면 내일 이 곳을 떠나 페루로 간다는 계획은 어떻게 되는 거지?"

스테파노가 비열하기 짝이 없는 목소리로 되물었다.

"몽티 삼촌이 당신 표를 찢어 버렸다는 건 몰랐겠죠? 몽티 삼촌은 당신을 의심하고 있어요. 그래서 계획을 바꿨다고요. 당신은 페루 여행에서 빠지게 될 거예요."

클로스가 의기양양하게 말했다.

순간 스테파노의 얼굴에서 미소가 가시고 누런 이가 뭐라도 잡아먹을 듯이 드러났다. 살기가 번득이는 눈길은 와 닿는 것만으로도 상처가 날 것 같았다.

"상황이란 항상 변하게 마련이지. 아무리 훌륭한 계획이라도 돌발적인 사고가 일어나면 얼마든지 바뀌게 되어 있어."

올라프 백작이 소름이 쪽 끼치는 목소리로 중얼거렸다. 백작은 길고 뾰죽한 손가락으로 황동 램프를 가리키며 말을 이었다.

"그리고 그런 사고는 언제든 일어나는 법이지."

6. 계획된 사고

제아무리 즐겁고 유쾌한 일도 고약한 상황에서라면 얘기가 전혀 달라진다. 보들레어 가의 세 남매에게는 영화 〈눈 속의 좀비들〉이 그랬다. 오후 내내, 세 아이들은 파충류의 방에 틀어박힌 채 근심에 싸여 있었다. 그 방에는 스테파노와 몽티 삼촌도 함께 있었다. 스테파노는 종종 조롱하는 듯한 눈빛을 보냈다. 올라프 백작은 안중에도 없이 몽티 삼촌이 줄줄이 쏟아 내는 말은 아이들을 더욱 절망스럽게 만들었다.

마침내 저녁 시간이 되었다. 그렇지만 아이들은 영화를 보러 가는 것이 영 내키지 않았다. 몽티 삼촌의 지프는 무척 좁았기 때문에 바이올렛이 클로스와 자리 하나에 나누어 앉고, 불쌍한 서니는 스테파노의 지저분한 무릎에 올라앉을 수밖에 없었다. 자리가 몹시 불편했지만 그런 데에는 신경 쓸 겨를이 없을 만큼 아이들의 심정은 착잡하기만 했다.

극장 좌석은 한 줄로 나란히 잡았다. 한쪽 끝에는 몽티 삼촌이 앉았다. 스테파노는 한가운데 좌석에 앉아 팝콘을 걸신들린 듯 먹어치웠다. 하지만 아이들은 마음이 무거워 팝콘에는 손도 대지 않았다. 게다가 스테파노의 계획이 뭔지 알아 내려는 데 온 정신이 쏠려 〈눈 속의 좀비들〉에는 집중할 수 없었다. 알프스의 조그만 어촌 마을을 둘러싼 눈비탈에서 좀비들이 처음 살아 나왔을 때였다. 바이올렛은 스테파노가 탑승권 없이 프로스페로 호를 타고 페루에 갈 수 있는 방법이 있을까 머리를 쥐어짜고 있었다. 장정들이 튼튼한 참나무로 장벽을 만들지만 결국 좀비들이 우적우적 깨물고 마을로 들어서는 장면이었다. 클로스는 스테파노가 말한 돌발적인 사고가 무슨 뜻일지 궁리하고 있었다. 영화는 젖 짜는 소녀 게르타가 좀비들과 친구가 되어 제발 마을 사람들을 더 이상 잡아먹지 말라고 사정하는 부분에 이르렀다. 너무 어려서 도대체 무슨 일이 벌어지고 있는지 알 리 없는 서니까지 영화를 보는 내내 나름대로 생각에 잠겨 있었다. 마을 사람들과 좀비들이 함께 노동절을 축하하는 것으로 영화는 대단원의 막을 내렸다. 하지만 아이들은 너무나 초조하고 겁에 질린 나머지 영화를 눈곱만큼도 즐기지 못했다. 영화관에서 돌아오는 길에 몽티 삼촌이 침울해 있는 아이들에게 말을 건네려 했지만 아이들은 건성으로 대꾸만 하다 말았고, 결국 차 안은 침묵에 잠겨버렸다.

몽티 삼촌의 지프가 뱀 모양 울타리에 멈추었다. 영문을 모르는 몽티 삼촌을 뒤로한 채 아이들은 차 밖으로 뛰어내려 현관으로 달려 들어갔다. 무거운 마음으로 아이들은 이층 침실을 향해 계단을 올랐다. 그렇지만 침실 문 앞에 서자 오늘 밤은 도저히 혼자 있지 못할 것 같은 기분이 들었다.

"오늘은 모두 한 방에서 자면 안 될까? 어젯밤엔 꼭 감옥에 갇힌 것 같았어. 혼자서 내내 걱정만 했거든."

클로스가 겁에 질린 목소리로 바이올렛에게 말했다.

"솔직히 나도 그랬어. 오늘 밤도 잠자기는 힘들 테니까 한 방에 같이 있자."

바이올렛도 클로스의 말에 수긍했다.

"띠꼬!"

서니도 대찬성이었다. 아이들은 바이올렛의 방으로 몰려갔다. 내 방을 갖는다는 기쁨으로 마음 설렌 것이 겨우 며칠 전이었는데. 바이올렛은 새삼스레 방을 둘러보았다. 지금은 그때와는 전혀 달랐다. 뱀 모양 울타리가 내려다보이는 커다란 유리창은 영감을 주기는커녕 도리어 우울하게만 만들었다. 벽에 붙인 흰 종이들은 아무것도 쓰지 않아 휑하니 비어 있었다. 편리하라고 붙인 종이가 오히려 바이올렛의 어지러운 마음을 적나라하게 드러내 주는 셈이었다.

"누나는 요즘 발명 아이디어가 잘 떠오르지 않나 봐. 하긴 나도 책이 손에 안 잡혀. 올라프 백작이 곁에 있다는 것만으로도 상상력이 짓눌리는 느낌이야."

클로스가 가만히 말했다.

"꼭 그런 건 아닐 거야. 올라프 백작의 집에 있었던 때를 생각해 봐. 넌 그때 백작의 계략을 알아 내려고 혼인법에 대한 책을 죄다 읽었잖아? 나도 갈고리쇠를 만들었고."

바이올렛이 지적했다.

"그렇지만 지금은 사정이 달라. 올라프 백작이 무슨 일을 꾸미고 있는지도 모르잖아. 그 사람 계획을 아예 모르는데 어떻게 우리 계획을 짤 수가 있겠어?"

클로스가 우울하게 대꾸했다.

"글쎄, 지금까지 있었던 일을 하나하나 되짚어 보자. 우선 올라프 백작이 자기를 스테파노라고 부르면서 변장을 하고 이 집에 나타났어. 그 사람 목적은 물론 우리 유산을 빼앗는 거야."

바이올렛의 말을 받아 클로스가 이야기를 이어나갔다.

"그리고 수중에 돈이 들어오면 우리를 죽이려 들겠지."

"따뚜."

서니가 근심 어린 목소리로 중얼거렸다. 아마도 이런 뜻이었을 것이다.

'그럼 이 지긋지긋한 상황을 우린 이제 어떻게 헤쳐 나가야 하지?'

"어쨌든 올라프 백작이 우리를 해치는 날에는 유산이고 뭐고 다 날아가 버리게 되어 있어! 지난번에 나랑 결혼하려 했던 것도 다 그런 까닭이었잖아."

"천만다행이지. 그렇게 되었어 봐, 올라프 백작이 내 매형이 되었을 것 아냐. 하지만 이번에는 누나랑 결혼해서 돈을 빼앗을 속셈은 아닐 거야. 그 사람이 아까 사고에 대해서 뭐라고 했었지?"

"또 쥐도 새도 모르게 일을 치를 곳에 대한 얘기도 했어. 아마 그 곳은 페루가 틀림없을 거야. 하지만 스테파노는 페루에 못 가잖아? 몽티 삼촌이 표를 찢어 버렸으니까."

바이올렛은 올라프 백작이 했던 말을 하나하나 떠올려 보았다.

"뚜우!"

서니가 별안간 소리를 질렀다. 이번 것은 확실히 실망이 담긴

소리였다. 가슴이 답답한지 서니는 앙증맞은 두 주먹으로 바닥을 탕탕 두드렸다. 서니뿐 아니라 다른 두 아이도 같은 심정이었다. 다만 "뚜우!" 하고 소리를 치기엔 나이를 좀 먹었을 뿐이었다. 서니처럼 아무 소리나 지껄일 수 있으면 얼마나 좋을까. 백작의 계획이 무엇인지 알 수만 있다면, 이렇게 혼란스럽고 절망적인 상황이 아니라면 아예 나이라도 어려서 빽빽 소리를 지르고 바닥을 두드려 댈 수 있다면 얼마나 좋을까. 그 무엇보다도 엄마 아빠가 살아 계셔서 예전처럼 단란하게 살 수 있다면 그 얼마나 좋을까.

보들레어 가의 아이들이 자기들의 처지가 달라지길 바라는 것만큼이나 나도 이 이야기를 좀더 밝게 바꿀 수 있다면 얼마나 좋을까 하는 마음이 굴뚝 같다. 하지만 올라프 백작에게서 멀리 떨어진 안전한 내 집에서조차 다른 식의 이야기는 좀처럼 써지질 않으니 어쩌란 말인가. 아마도 여러분은 당장 책장을 덮고 아이들의 애처로운 사정을 잊을 수 있도록 남은 부분을 더 이상 읽지 않는 편이 나을지도 모르겠다. 그렇게 한다면 머릿속에서 맘에 드는 대로 이야기를 꾸며 낼 수도 있을 테고 말이다. 이를테면 아이들이 한 시간 후에 갑자기 올라프 백작의 계략을 알아채고 몽티 삼촌의 목숨을 구해 낸다는 식으로.

이런 건 또 어떨까? 비상등을 밝힌 경찰차가 난데없이 요란한 사이렌 소리를 울리며 등장해서는 스테파노를 끌어 내어 여생을 감옥에서 보내게 하는 이야기도 그런 대로 괜찮다. 그래서 아이들이 몽티 삼촌과 행복하게 잘 살고 있다고 생각해도 나쁠 건 없다. 물론 사실이 아니지만. 여러 가정 가운데 최고는 뭐니뭐니해도 아이들의 엄마 아빠가 돌아가신 게 아니라는 가정이 아닐까 싶다. 그 끔찍한 화재와 올라프 백작, 몽티 삼촌 그리고 불행한 모든 사건들이 한낱 꿈이었고, 상상으로 지어 낸 이야기에 지나지 않는다고 말이다.

그렇지만 이 이야기는 결코 행복한 이야기가 아니다. 보들레어 가의 아이들이 한 방에 모여 밤새 멍하니 앉아 보냈다는 말을 전하는 나도 행복하지는 않다. 다만 '멍하니'라는 말이 '멍청하게'가 아니라, '아무 말도 하지 않고'라는 뜻이라는 건 이해해 주시기를. 아이들은 긴긴 밤을 꼬박 그렇게 지샜다. 아침 해가 어슴푸레한 빛을 창가에 던질 무렵 누군가가 창 너머로 이 아이들을 들여다보았다면 그 가엾은 모습에 끌끌 혀를 찼으리라.

아이들은 침대에 붙어 앉아 있었다. 걱정으로 그늘진 눈을 퀭하니 뜬 채로. 하지만 아무도 아이들을 살피고자 창문 너머로 기웃거리지 않았다. 그저 누군가가 문을 두드렸을 뿐이다. 쿵, 쿵, 쿵, 쿵. 노크 소리가 네 번 울렸다. 마치 문을 못 박아 버리기라도 하듯 요란스런 소리였다.

아이들은 눈을 끔벅이며 서로의 얼굴을 바라보았다.

"누구세요?"

클로스가 소리쳤다. 클로스의 목소리는 오랫동안 아무 말도 하지 않아 잔뜩 갈라져 있었다.

아무 대답이 없었다. 찰칵, 손잡이가 돌아가더니 문이 스르르 열렸다. 거기에 스테파노가 온통 헝클어진 옷차림으로 서 있었다. 스테파노의 잔인한 눈빛이 유독 번뜩였다.

"잘들 잤냐? 이제 페루로 떠날 시간이다. 너희를 지프에 태우고 안개 항구까지 갈 거니까 빨리들 준비해."

"어제 말씀드렸잖아요. 당신은 페루에 못 가요."

바이올렛이 말했다. 바이올렛은 자신의 말투가 자기가 느끼는 것보다 훨씬 힘차게 들렸으면 하고 간절히 바랐다.

"페루에 가지 않을 사람은 내가 아니라 몽티 삼촌이야."

스테파노가 눈썹이 있어야 할 부분을 위로 쓸어 올리며 말했다.

"말도 안 되는 소리 말아요. 몽티 삼촌은 무슨 일이 있어도 탐사 여행을 놓칠 분이 아니란 말예요."

클로스가 말을 받았다.

"그렇다면 몽티 삼촌에게 직접 물어보지 그러냐."

스테파노가 능글거리며 말했다. 아이들은 그 얼굴에서 너무도 익숙한 표정을 보았다. 입은 거의 움직이지 않았지만 번득이는 눈만은 조롱이라도 하는 것처럼 번쩍번쩍 빛났다.

"직접 물어보라니까! 그 사람은 지금 파충류의 방에 있어."

"네, 여쭤 볼 거예요. 몽티 삼촌은 당신이 우리를 데리고 페루에 간다는 생각은 눈곱만큼도 안 했을걸요."

바이올렛은 침대에서 벌떡 일어나 동생들의 손을 잡고, 문간에 서서 능글맞은 웃음을 짓고 있는 스테파노의 곁을 재빨리 지나쳤다.

"그래요, 여쭤 볼 거예요!"

다짐이라도 하듯 바이올렛이 다시 한 번 힘주어 말했다. 아이들이 방에서 나올 때 스테파노는 아이들을 향해 살짝 허리를 굽혀 보였다.

복도는 이상하리만큼 고요했다. 해골의 두 눈처럼 섬뜩한 공허함이 사방에 깔려 있었다.

"몽티 삼촌?"

복도 끝에서 바이올렛이 소리를 높였다. 대답이 없었다.

마룻바닥을 디디는 아이들의 발짝 소리 말고는 아무 소리도 들리지 않았다. 온 집 안에 괴괴한 정적이 흘렀다. 몇 년이나 사람의 발길이 닿지 않은 폐허처럼 인기척이 없었다.

"몽티 삼촌?"

이번에는 클로스가 소리쳐 불렀다. 대답이 없었다.

바이올렛이 발꿈치를 들고 팔을 뻗어 파충류의 방으로 통하는 거대한 문을 열었다. 한동안 아이들은 최면에라도 걸린 것처럼 방 안을 뚫어져라 바라보았다. 투명한 유리 천장과 벽을 통해 들어온 아침 햇살이 방 안에 기묘한 푸른빛을 드리우고 있었다. 그 흐릿한 빛 속에서 보이는 것은 갖가지 파충류들의 검은 형체뿐이었다. 우리 안에서 움직이고 있건 잠이 들었건, 하나같이 검은 덩어리로 보였다.

발짝 소리가 희미한 빛을 내뿜는 유리벽에 부딪혀 저벅저벅 되울렸다. 아이들은 파충류의 방을 가로질러 방 끝, 몽티 삼촌의 서재로 다가갔다. 그 어두운 공간도 수수께끼처럼 기묘하고 낯설게 느껴지기는 했지만 어딘지 마음이 놓이는 이상야릇한 기분이었다. 아이들은 몽티 삼촌의 약속을 기억하고 있었다. 시간을 들여 정확한 사실을 익히고 나면 여기 이 파충류의 방에서만큼은 안전할 거라는. 하지만 여러분은 몽티 삼촌의 약속에 극적 아이러니의 불행한 씨앗이 자라고 있다는 것을 떠올릴 수 있으리라. 지금 이른 아침의 희미한 빛 속에서 극적 아이러니의 저주받은 씨앗은 파충류의 방에서 막 열매를 맺으려 하고 있었다. 말하자면 보들레어 가의 아이들이 극적 아이러니가 뭔지를 드디어 깨닫게 되었다는 뜻이다. 책꽂이에 다가갔을 때였다. 아이들은 한쪽 구석에 웅크리고 있는 커다랗고 컴컴한 물체를 발견했다. 클로스는 덜덜 떨리는 손으로 곁에 있는 램프를 더듬어 스위치를 올렸다. 그것은 몽티 삼촌이었다. 무엇엔가 놀란 듯 입을 벌린 채 두 눈을 부릅뜨고 있었지만 아이들을 보는 것 같지는 않았다. 혈색 좋던 얼굴은 핏기 하나 없었다. 몽티 삼촌의 오른쪽 눈

아래에는 독사의 잇자국처럼 보이는 조그만 자국 두 개가 나란
히 찍혀 있었다.

"뭉띠띠?"

서니가 외치며 바지를 잡아당겼다. 몽티 삼촌은 움직이지 않
았다. 스테파노의 약속대로 파충류의 방에서 보들레어 가의 아
이들은 아무 탈이 없었다. 하지만 몽티 삼촌에게는 엄청난 일이
벌어지고 말았다.

7. 사라진 눈동자

"아, 저런, 저런, 저런……."

문득 뒤에서 들리는 목소리에 아이들은 고개를 돌렸다. 스테파노였다. 빛나는 은빛 자물쇠가 달린 검은 옷 가방을 든 스테파노의 얼굴은 짐짓 놀란 표정을 '의장' 하고 있었다. '의장' 이란 말은 그리 흔하게 쓰이는 말이 아니다. 가짜를 진짜처럼 그럴 듯하게 꾸민다는 뜻인데, 박식한 클로스조차 모르는 말이다. 하여간 아이들에게는 스테파노가 놀란 척하고 있다는 걸 굳이 얘기해 줄 필요도 없었다.

"이렇게 끔찍한 사고가 일어나다니! 독사에게 물렸군그래. 처음 발견하는 사람은 엄청 놀라겠어."

"당신이……."

바이올렛은 입을 열었지만 상한 음식이라도 삼킨 듯 속이 울렁거려 말을 맺지 못했다.

"당신이……."

바이올렛이 다시 한 번 입을 열었다. 스테파노는 바이올렛을 무시하고 거리낌없이 말했다.

"물론 몽고메리 박사가 죽었다는 것이 알려지면 다들 그 밥맛 떨어지는 고아들은 어떻게 되었을까 궁금해하겠지. 글쎄, 과연 무슨 일이 일어났던 걸까? 하지만 그때쯤이면 고아들이 자취를 감춘 지 꽤 오래 되었을 거야. 왜 그런고 하니 우리가 여길 떠날 시간이 바로 지금이거든. 프로스페로 호는 안개 항구에서 다섯 시에 출발하는데, 난 그 배에 올라타는 첫 번째 승객이 될 생각이다. 그래야 점심 먹기 전에 포도주 한 병을 비울 짬이 날 테니까."

"어떻게 이럴 수가?"

클로스가 쉰 목소리로 말했다. 클로스는 몽티 삼촌의 핏기 없는 얼굴에서 눈을 떼지 못했다.

"어떻게 이런 일을 저지를 수가 있냐구요? 어떻게 사람을 죽여요?"

"뭐? 정말 뜻밖이로구나, 클로스."

스테파노는 몽티 삼촌의 시체로 다가가며 말했다.

"너처럼 아는 게 많은 꼬마도 모르는 게 있었나? 이 뚱뚱하고 늙은 몽티 삼촌은 뱀한테 물려 죽은 거야. 이 잇자국을 좀 보렴. 이 창백한 얼굴은 또 어떻고? 이 눈동자도 좀 보라니까."

"그만요! 그만 하라구요!"

바이올렛이 비명을 질렀다.

"그래, 그래! 수다 떨 시간이 없지. 빨리 가서 배를 타야 하니까! 자, 출발하자!"

"당신하고는 거기가 어디라도 절대 가지 않아요!"

클로스가 눈물이 터져 나오려는 것을 억지로 참으며 말했다. 닥쳐올 고난을 어떻게 헤쳐 나가야 할지, 지금은 그걸 생각해야 할 때였다.

"우린 경찰이 올 때까지 여기서 한 발짝도 움직이지 않을 거예요."

"경찰이 도착하긴 한다던?"

스테파노가 물었다.

"우리가 신고할 거니까요."

클로스는 제발 자신 있게 들리기를 바라면서 똑부러지게 대답하고는 방문 쪽으로 걸음을 옮겼다.

스테파노가 가방을 떨어뜨렸다. 가방에 달린 은빛 자물쇠가 대리석 바닥에 부딪히면서 요란스레 쩔거덕거렸다. 스테파노는 클로스에게 성큼성큼 다가가 그 앞을 막아섰다. 이글거리는 분노로 눈에는 벌겋게 핏발이 서 있었다.

"지긋지긋하구나. 무슨 일이든 일일이 설명을 해야 하니. 너희처럼 영리한 애들이 왜 번번이 이걸 까먹는 거냐?"

스테파노가 으르렁거리며 외투 주머니에서 톱니 모양으로 날이 들쭉날쭉한 칼을 꺼냈다.

"이건 내 칼이야. 무척이나 날카롭고 너희를 해치고 싶어 안달이 났지. 나만큼이나 좀이 쑤실 거란 얘기다. 내가 시키는 대로 하지 않으면 몸이 성하지 못할걸. 이제 좀 알아듣겠니? 자, 어서 저 빌어먹을 지프에 올라타."

여러분도 알겠지만 욕설을 쓰는 건 정말, 정말 무례하기 짝이 없고 여간해서는 쓰면 안 된다. 하지만 아이들은 겁에 질려서 그 점을 지적하고 말고 할 여유가 없었다. 아이들은 불쌍한 몽티 삼촌을 흘끔 돌아보고는, 빌어먹을 지프를 타러 스테파노를 따라 파충류의 방을 나왔다. 혹시 '상처에 소금 뿌리기'란 말을 들어 보았는지? 그 말은 이미 괴로움을 겪고 있는 사람에게 또 한 번 고통을 안겨 준다는 뜻이다. 이 말을 빌리자면 스테파노는 아이들에게 소금 중에서도 왕소금을 뿌린 격이었다. 스테파노는 바이올렛에게 그 무거운 가방을 들라고 했다. 다행히 바이올렛은 생각에 골몰해 있어서 더 비참한 기분을 맛보지는 않았다. 바이올렛은 몽티 삼촌과 마지막으로 나눈 대화가 무엇이었는지 기억하려 애쓰고 있었다. 그러다 갑자기 후회와 비탄의 감정이 밀려들었다. 그건 대화라는 말을 쓰기에도 부끄러운 것이었다. 〈눈속의 좀비들〉을 보고 집으로 돌아오는 길에 아이들은 스테파노 일로 근심에 잠겨 내내 입을 다물고 있었다. 그러다가 지프가 집에 도착하기가 무섭게 혼란스러운 상황을 조금이라도 벗어나 보려고 달음질치듯 이층으로 올라가 버렸다. 안녕히 주무시라는 말 한마디 없이. 이제는 파충류의 방, 차가운 깔개에 덩그렇게 죽어 있는 불쌍한 삼촌에게 밤 인사 한마디 하지 않았다니. 지프에 이르렀을 때 바이올렛은 어젯밤 영화를 보여 주셔서 고맙다는 인사는 했는지 기억하려 애썼다. 하지만 그날 밤 일은 온통 흐릿할 뿐이었다. 매표소에 삼촌과 나란히 서 있을 때 누군가 "고맙습니다, 몽티 삼촌"이라고 한 것 같기는 했다. 그렇지만 그것마저도 자신이 없었다. 스테파노가 차 문을 열고 칼을 흔들며어서 타라고 다그쳤다. 클로스와 서니는 좁은 뒷자리에, 바이올렛은 그 묵직한 검은 가방을 무릎에 올리고 운전석 옆자리에 앉았다. 아이들은 스테파노가 자동차 열쇠를 꽂았을 때 시동이 걸리지 않았으면 하고 실낱 같은 희망을 품었다. 하지만 그것마저도 헛된 바람이었다. 몽티 삼촌은 언제나 지프를 잘 손봐 두었고, 자동차는 곧바로 움직여 나갔다.

지프가 뱀 모양의 울타리를 지나쳐 가는 동안 바이올렛과 클로스, 서니는 뒤를 돌아보았다. 파충류의 방이 보였다. 갖가지 표본들을 수집해 놓은 그 방에서 이젠 몽티 삼촌이 새로운 표본이 되어 있었다. 보들레어 가 아이들에게 닥친 불운은 아이들이 감당하기에는 너무 힘겨운 것이었다. 아이들은 소리 죽여 울기 시작했다.

사랑하는 사람의 죽음이란 정말 불가사의한 것이다. 이 세상에서의 시간은 정해져 있고 언젠가는 자리에 누워 다시는 깨어나지 못할 줄을 누구나 알고 있다. 하지만 어느 날 가족이나 이웃에게 막상 죽음이 들이닥치면 충격과 놀라움이 앞을 막아선다. 그것은 어둠 속에서 침실로 가는 계단을 오르는데, 발을 헛디디는 것과 비슷하다. 층계 한 단이 더 있다고 잘못 생각했다면 여러분의 발은 허공에서 곧장 평평한 바닥으로 추락하게 될 것이다. 그 다음 순간에는, 여태 알고 있던 것을 바로잡아야 한다는 놀라움으로 눈앞이 막막해지는 시간이 찾아올 것이다. 아이들이 눈물을 흘린 것은 몽티 삼촌이나 돌아가신 부모님을 생각해서만은 아니었다. 이 엄청난 상실에 따른, 낯선 추락의 느낌으로 아이들은 서러운 눈물을 훔쳤다.

도대체 무슨 일이 일어났단 말인가? 아이들을 돌봐 주던 한 남자의 생명을 스테파노가 무자비하게 앗아가 버렸고 아이들은 다시 홀로 남겨졌다. 스테파노는 아이들에게 무슨 짓을 할까? 계획대로라면 아이들은 몽티 삼촌과 페루 여행을 떠나고 스테파노는 집에 남아 있어야 했다. 그런데 지금 페루로 떠나는 프로스페로 호를 타러 가는 건 스테파노다. 페루에서는 또 어떤 끔찍한 일이 기다리고 있을까? 거기서 누군가가 스테파노의 검은 손아귀에서 아이들을 구해 주게 될까? 스테파노가 아이들의 재산을 가로채게 될까? 그렇게 된다면 세 아이들에게는 무슨 일이 일어나게 되는 거지? 아, 질문 하나하나가 마음을 짓누르고 두려움으로 온몸이 떨린다. 이런 문제들에 생각이 미치면 그 누구라도 온 신경을 곤두세울 것이다. 아이들도 마찬가지였다. 아이들은 자기 생각에 푹 빠져, 지프가 다른 차와 충돌하기까지 아무것도 깨닫지 못했다.

끼이익! 쿵! 쨍그랑! 검은 차가 몽티 삼촌의 지프에 부딪히자 쇠붙이와 유리 깨지는 소리가 귀를 찢었다. 곧이어 차가 기우뚱하더니 아이들은 바닥에 나동그라지고 말았다. 스테파노의 검은 가방이 바이올렛의 어깨에 부딪혔다가 앞 유리창으로 튕겨 나갔다. 곧 앞 유리창은 거미줄처럼 쫙쫙 갈라졌다. 스테파노는 비명을 내지르며 운전대를 이리저리 틀어 보았지만 역부족이었다. 또 한 번 끼이익 소리가 나더니 지프는 도로를 벗어나 길가의 진흙 더미에 처박혔다. 교통 사고를 행운이라고 하는 경우는 아주 드문 일이겠지만 눈을 씻고 봐도 쉽게 찾을 수 없는 그 드문 경우가 바로 여기 있었다! 뱀 모양 울타리가 시야에서 벗어나기도 전에 안개 항구를 향한 여행은 이렇게 느닷없이 중단되었다.

"지옥 불구덩이 속에서 뒈져 버렷!"

스테파노가 솟구치는 분노를 어쩌지 못하고 빽 소리를 질렀다.

그러는 사이, 바이올렛은 어깨를 더듬어 상처를 만져 보았다. 다행히 큰 상처는 아닌 듯했다. 클로스와 서니도 지프 바닥에서 조심스럽게 일어나 깨진 앞 유리창으로 밖을 내다보았다. 지프와 충돌한 차에는 한 사람만 타고 있던 모양이었다. 하지만 확실치는 않았다. 그 차는 훨씬 더 찌그러져서 안을 들여다보기가 쉽지 않았다. 앞 유리창은 아코디언처럼 통째로 주름이 잡혔고, 자동차 바퀴의 휠캡은 누군가가 떨어뜨린 커다란 동전처럼 이투성이 길의 포장된 도로 위를 쨍강대며 요란스레 돌고 있었다. 회색 옷을 입은 검은 자동차의 운전사가 찌그러진 차 문을 열고 간신히 빠져 나오면서 밭은기침을 해 댔다. 남자는 몇 번 더 쿨럭대더니 양복 주머니에서 흰 손수건을 끄집어 냈다.

"포 아저씨다!"

클로스가 소리쳤다. 그랬다, 그 사람은 노상 재채기를 달고 다니는 포 아저씨였다. 아이들은 그 차의 운전사가 포 아저씨라는 것을 알고는 끔찍한 상황도 잊고 반가운 미소를 지었다.

"포 아저씨! 포 아저씨!"

바이올렛이 큰 소리로 포 아저씨를 부르며 차에서 빠져나가기 위해 스테파노의 가방을 치우려 했다.

별안간 스테파노가 한 손을 내밀어 바이올렛의 아픈 어깨를 그러잡고는 천천히 고개를 돌렸다. 아이들은 그 번득이는 눈을 똑똑히 볼 수 있었다.

"아무것도 달라질 건 없어! 이 일이 너희에겐 그나마 마지막 행운일 테지만. 너희 셋은 다시 이 차를 타고 안개 항구로 가게 될 거야. 프로스페로 호의 출항 시간에 늦지 않게 말이지. 어디 두고 봐라."

"그렇게 되나 한번 보죠."

바이올렛은 대뜸 쏘아붙이고는 가방을 밀치고 차 문을 열어젖혔다. 클로스도 문을 열고서 서니를 안고 따라 내렸다.

"포 아저씨! 포 아저씨!"

"바이올렛! 바이올렛 보들레어, 정말 너냐?"

"네, 포 아저씨. 저희 셋 다 여기 있어요. 아저씨가 우리 차를 받아서 얼마나 고마운지 모르겠어요."

바이올렛의 말에 포 아저씨는 긴가 민가 하는 표정을 지었다.

"글쎄, 네 말이 좀 틀린 것 같구나. 이번 사고는 너희 차 운전사의 과실이거든. 너희 차가 내 차를 들이받았다는 게 옳은 표현이지."

"뻔뻔스러운 소리를 잘도 지껄이는군!"

스테파노가 냅다 고함을 지르더니 고약한 고추냉이 냄새에 콧등을 잔뜩 찡그리며 지프에서 뛰쳐나왔다. 스테파노는 불같이 화가 치밀어 발을 쾅쾅 구르며 다가왔다. 그런데 반쯤 오자 스테파노는 이글대는 분노의 표정을 싹 지우고 잠시 주춤하더니 이내 서글픈 표정으로 바꾸었다.

"정말 죄송하게 됐습니다. 모두 제 잘못입니다. 요즘 괴로운 일이 많아서 그 생각을 하다가 신호를 놓치는 바람에……. 어디 다치신 데는 없으신지요, 토 씨?"

스테파노가 목소리를 잔뜩 높여 비위를 맞추려는 듯 살살거렸다.

"포입니다. 내 이름은 포예요. 운이 좋아 다친 데는 없습니다. 겉으로 봐선 모두 괜찮은 듯싶군요. 내 차도 그렇다면 좋으련만……. 그런데 댁은 누구신가요? 이 아이들과 여기서 뭘 하고 있는 겁니까?"

"제가 말씀드릴게요. 이 사람은……."

클로스가 나섰다.

"잠깐, 클로스! 어른들 말씀을 가로채는 건 예의에 벗어나는 짓이야."

포 아저씨가 클로스를 질책했다. 여기서 '질책'이란 말은 클로스를 나무랐다는 뜻이다. 비록 아주 중요한 이유로 어른들의

대화 도중에 끼여든 것이긴 했지만 말이다.

"저는 스테파노라고 합니다. 지금 몽고메리 박사의 연구 보조원...... 아니, 얼마 전까지 몽고메리 박사의 연구 보조원으로 일했습니다."

스테파노가 포 아저씨에게 악수를 청했다.

"얼마 전까지 연구 보조원으로 일했다고요? 무슨 뜻이죠? 혹시 해고되셨나요?"

포 아저씨가 굳은 표정으로 물었다.

"아닙니다. 몽고메리 박사는...... 저, 잠깐 실례하겠습니다."

스테파노가 얼굴을 돌리더니 슬픔이 복받쳐 말을 이을 수 없다는 듯한 표정으로 눈가를 훔쳤다. 스테파노는 포 아저씨가 보지 못하는 사이에 아이들에게 눈을 찡긋해 보이고는 말을 이었다.

"유감스럽게도 무서운 사고가 있었다는 말씀을 드리지 않을 수가 없군요, 모 씨! 몽고메리 박사님은 돌아가셨습니다."

"포! 모가 아니라 포라니까요. 박사가 세상을 떠났다고요? 이럴 수가! 도대체 어떻게 된 겁니까?"

"저도 영문을 모르겠습니다. 독사에 물린 것 같기도 하고....... 제가 뱀에 대해 아는 게 있어야지요. 해서 의사를 부르러 함께 시내로 가던 참이었습니다. 아이들도 몹시 놀란 상태여서 집에 아이들끼리만 놔 둘 수가 없었거든요."

"거짓말이에요. 저 사람은 의사한테 가는 길이 아니었어요. 우리를 데리고 페루에 가려는 속셈이라니까요!"

클로스가 소리를 질렀다.

"보십시오. 제가 드린 말씀을 이해하시겠지요?"

스테파노가 클로스의 머리를 쓰다듬으며 말을 이었다.

"아이들이 슬퍼서 제정신이 아닙니다. 몽고메리 박사님이 오늘 아이들을 페루로 데리고 가려 하셨거든요."

"네, 그래서 저도 이렇게 서둘러 온 겁니다. 아이들이 떠나기 전에 짐을 갖다 줘야 하니까요. 클로스, 네 마음은 충분히 이해한다. 그렇지만 몽고메리 박사가 돌아가셨다는 걸 받아들이도록 노력해야지. 탐사 여행도 취소되었고."

"하지만 포 아저씨!"

클로스가 분개해서 소리쳤다.

"그만 해라, 클로스! 이 문제는 어른들끼리 상의할 문제야. 확실한 건 먼저 의사를 불러야 한다는 거야."

포 아저씨가 말했다.

"몽고메리 박사님 댁에 가 계시겠습니까? 제가 아이들을 데리고 의사를 부르러 갔다 오지요."

"앙뎌!"

서니가 빽 소리쳤다. 그 말은 분명히 '절대 안 돼!' 라는 뜻이었다.

"우리 모두 함께 몽고메리 박사 댁으로 가는 건 어떨까요? 그리고 전화로 의사를 부르면 되잖겠어요?"

포 아저씨의 말에 스테파노는 찔끔했다. 다시 마음을 가라앉히고 부드러운 어조로 대꾸하기까지 스테파노의 얼굴에는 성난 기색이 역력했다.

"좋은 생각이군요. 전화할 생각을 왜 못 했는지 모르겠네요. 아마도 제 머리가 당신만큼 잘 돌아가지 않는 모양입니다. 자, 얘들아! 지프에 다시 타거라. 도 씨는 우리 뒤를 따라오실 거야."

"절대 당신 차는 타지 않겠어요."

클로스가 단호하게 말했다.

"제발, 클로스, 부탁이니 지금 상황을 좀 이해해 보렴. 무척이나 심각한 사고가 일어났어. 그러니 당분간 다른 일로 왈가왈부하지 말자꾸나. 그런데 문제가 한 가지 있군요. 내 차가 움직이기나 할는지 모르겠습니다. 워낙 많이 찌그러져서."

"한번 시동을 걸어 보시지요."

스테파노의 말에 포 아저씨는 고개를 끄덕이고는 자동차로 다가갔다. 포 아저씨는 운전석에 앉아 차 키를 돌렸다. 쿠룩쿠룩, 엔진에서 거칠고 어딘가 젖은 듯한 소리가 흘러나왔다. 포 아저씨의 기침 소리를 빼닮은 소리였다. 차는 꼼짝도 하지 않았다.

"안 되겠어요. 엔진이 완전히 죽어 버린 모양이에요."

포 아저씨가 소리쳤다.

"곧 너희도 같은 신세가 될 거다."

스테파노가 아이들에게 소리를 낮추어 속삭였다.

"미안합니다만 뭐라고 하셨습니까? 잘 안 들려서요."

포 아저씨의 말에 스테파노는 미소를 지었다.

"아, 차가 움직이지 않으니 안됐다고요! 그럼 저는 아이들과 지프로 돌아갈 테니 로 씨는 걸어서 오십시오. 차가 너무 좁아서 다 탈 수가 없거든요."

그 말에 포 아저씨는 눈살을 찌푸렸다.

"하지만 내 차에는 아이들의 가방이 그대로 있어요. 지키는 사람도 없이 길바닥에 짐을 놔 두고 갈 수는 없잖아요. 짐을 차로 옮겨 실읍시다. 그리고 내가 아이들하고 같이 집으로 걸어가면 되지 않겠어요?"

이번에는 스테파노가 눈살을 찌푸렸다.

"글쎄요, 그렇지만 한 아이는 저와 같이 차를 타고 가야겠습니다. 제가 길을 잘 모르거든요."

포 아저씨는 빙그레 웃었다.

"몽고메리 박사 댁은 여기서도 잘 보이지 않습니까? 길을 잃을 일은 절대로 없을 겁니다."

"저 사람은 우리가 포 아저씨랑 같이 있는 게 싫은 거예요. 우리가 자기 정체를 폭로하고 무슨 일을 꾸미고 있는지 아저씨한테 얘기할까 봐서요."

이제나 저제나 이야기를 꺼낼 순간만을 엿보던 바이올렛이 마침내 입을 열었다.

"도대체 바이올렛이 무슨 얘기를 하는 겁니까?"

어리둥절해진 포 아저씨가 스테파노에게 물었다.

"글쎄요, 전혀 모르겠는데요, 토 씨!"

스테파노는 고개를 저으며 바이올렛을 사나운 눈초리로 쏘아보았다. 바이올렛은 숨을 깊이 들이마시고는 스테파노를 가리키며 말했다.

"이 사람은 스테파노가 아니에요. 올라프 백작이라고요. 우리를 없애려고 여기 온 거예요."

"내가 누구라고? 내가 뭘 하러 왔다고?"

스테파노가 의아하다는 듯이 물었다. 포 아저씨는 스테파노를 위아래로 훑어보더니 머리를 절레절레 흔들었다.

"아이들의 무례를 용서해 주십시오. 정말 아이들 마음이 많이 상했나 보군요. 올라프 백작은 아이들의 유산을 빼앗으려고 했던 흉측하기 짝이 없는 사내인데, 아이들은 그 사람을 몹시 두려워하고 있어요."

"제가 올라프 백작처럼 보입니까?"

스테파노가 눈을 번득이며 물었다.

"아뇨, 그렇지 않아요. 올라프 백작은 한쪽 눈썹이 유별나게 길지요. 언제나 말끔히 면도를 하고요. 그런데 맥은 수염을 길렀

잖습니까. 게다가 이런 말을 해도 괜찮은지 모르겠습니다만 댁은 아예 눈썹이 없군요."

포 아저씨의 말에 바이올렛이 대꾸했다.

"눈썹은 면도한 거예요. 수염은 길렀고요. 뻔한 거잖아요."

"문신도 있어요! 발목에 있는 눈 모양 문신 말예요! 그 문신을 보면 알 수 있어요!"

클로스가 소리질렀다. 포 아저씨는 스테파노를 바라보더니 미안하다는 듯 어깨를 으쓱해 보였다.

"이런 부탁을 드려도 될지 모르겠습니다만 아이들이 너무 혼란스러운 모양이니 다른 문제를 의논하기 전에 먼저 아이들의 마음을 풀어 주고 싶군요. 괜찮으시다면 발목을 좀 보여 주시겠습니까?"

스테파노는 아이들을 바라보며 이가 훤히 드러나 보이도록 웃었다.

"기꺼이 그렇게 하지요. 오른쪽? 아니면 왼쪽?"

클로스는 눈을 감고 잠시 생각을 더듬었다.

"왼쪽이요."

스테파노는 왼발을 지프의 범퍼에 올리고 소름 끼치는 눈으로 아이들을 둘러보더니 때에 전 줄무늬 바지를 걷어올리기 시작했다. 바이올렛과 클로스, 서니, 그리고 포 아저씨까지 모두가 숨을 멈추고 기다렸다.

서서히 바짓단이 올라갔다. 연극이 시작되기 전에 커튼이 올라가듯이. 그렇지만 눈 모양 문신은 어디에도 없었다. 아이들은 명한 표정으로 가엾은 몽티 삼촌의 얼굴만큼이나 창백하고 매끄러운 맨살을 바라볼 뿐이었다.

8. 풀리지 않는 수수께끼

덜컹거리며 앞서 가는 지프를 따라 아이들은 터덜터덜 몽티 삼촌의 집을 향해 걸어갔다. 고추냉이의 고약한 냄새가 코를 찌르고 깊은 좌절감이 가슴을 짓눌렀다. 자기가 틀렸다고 판명이 나는 것은 아주 맥 빠지는 일이다. 더군다나 정말은 내가 맞는데, 진짜로 틀린 사람이 '내가 틀리고, 자기가 맞는 다고 증명해 보였다면 그건 단순히 맥만 풀리고 말 일이 아니다. 정말 맞는 얘기 아닌가, 어디 틀린 데라도?

"어떻게 문신을 없앴는지 알 수가 없어요.

하지만 저 사람은 확실히 올라프 백작이에요."

클로스가 고집스럽게 포 아저씨에게 말했다. 포 아저씨는 손수건으로 입을 가린 채 요란스레 재채기를 터뜨렸다.

"그만 해라, 클로스. 듣기 좋은 소리도 한두 번이다. 스테파노 씨의 발목이 결백하다는 건 네 눈으로 확인했잖니? 그러니까 '결백하다' 는 말은……."

"그게 무슨 뜻인지는 저희도 알아요. 문신이 없다는 얘기죠. 하지만 죽었다 깨어나도 저 사람은 올라프 백작이에요. 그걸 왜 모르세요?"

클로스가 스테파노를 지켜보며 말했다. 스테파노는 지프를 멈추고 차에서 내려 몽티 삼촌의 저택을 향해 성큼성큼 걸어가고 있었다.

"내가 보는 건 내 눈앞에 보이는 것이야. 난 눈썹이 없고 긴 수염에 문신이 없는 남자를 보고 있다. 그런데도 저 사람이 올라프 백작이라고? 혹시 스테파노 씨가 너희를 해칠 생각이 있다손 쳐도 두려워할 건 없다. 몽고메리 박사의 죽음은 정말 충격이지만 너희와 너희 유산이 박사의 연구 보조원에게 넘어갈 일은 없으니까. 저 사람은 내 이름조차 제대로 기억하지 못하더구나!"

클로스가 누나와 동생을 바라보고 한숨을 내쉬었다. 포 아저씨가 일단 결정을 내렸을 땐 차라리 뱀 모양의 울타리에 대고 하소연하는 편이 더 나았다. 그래도 한 번만 더 사정을 해 보려고 바이올렛이 마음먹었을 때였다. 빵빵! 별안간 뒤쪽에서 자동차 경적 소리가 울렸다. 아이들과 포 아저씨는 다가오는 자동차에 길을 내주었다. 그 회색 소형차에는 비쩍 마른 남자가 타고 있었다. 회색 자동차가 몽티 삼촌의 저택 앞에 멈춰 서더니 흰색 외투를 입은 키가 껑충한 남자가 차에서 내렸다.

"이 집에는 무슨 일로 오셨습니까?"

포 아저씨가 아이들과 함께 남자에게 다가가 말을 걸었다.

"나는 루카퐁 박사라고 합니다. 뱀과 관련한 끔찍한 사고가 일어났다는 전화를 받고 달려왔지요."

남자가 커다랗고 뻣뻣한 손으로 자기를 가리키며 대답했다.

"그런데 벌써 오신 겁니까? 스테파노 씨가 미처 전화할 틈이 없었을 텐데요. 박사님이 여기까지 차를 운전하고 오실 시간은 말할 것도 없구요."

포 아저씨가 묻자 박사가 대답했다.

"긴급한 상황에서는 속도가 관건이지요, 안 그렇습니까? 검시할 필요가 있는 시신이라면 한시라도 지체하면 곤란하거든요."

"물론이지요, 옳은 말씀입니다. 그저 조금 놀란 것뿐이에요."

포 아저씨가 재빨리 맞장구쳤다.

"헌데 시신은 어디 있습니까?"

루카퐁 박사가 현관 쪽으로 걸어 들어가며 물었다. 포 아저씨는 현관문을 열어 젖혔다.

"스테파노 씨가 말씀드릴 겁니다."

스테파노는 현관참에 서서 일행을 기다리고 있었다. 스테파노의 손에는 찻주전자가 들려 있었다.

"막 커피를 끓이려던 참인데, 누구 드실 분?"

"한 잔 주십시오. 일과를 시작하기 전에 따뜻한 커피 한 잔만큼 좋은 건 없지요."

루카퐁 박사의 말에 포 아저씨는 눈살을 찌푸렸다.

"몽고메리 박사의 시신을 먼저 봐야 하는 것 아닙니까?"

"그렇죠, 루카퐁 박사님. 긴급 상황에서는 시간이 관건이니까요. 안 그렇습니까?"

스테파노가 말했다.

"아, 네, 두 분 말씀이 맞군요."

루카퐁 박사가 대답했다.

"불쌍한 몽고메리 박사님은 파충류의 방에 있습니다. 먼저 사건을 철저히 조사하고 그 다음 따뜻한 커피를 드시도록 하시지요."

그러면서 스테파노는 보들레어 가 아이들의 후견인이 누워 있는 곳을 가리켰다.

"말씀대로 하지요."

루카퐁 박사가 이상하리만치 뻣뻣한 손으로 파충류의 방 문을 열었다. 스테파노는 포 아저씨를 부엌으로 안내했다. 아이들도 마지못해 그 뒤를 따랐다. 전혀 쓸모 없고 아무 도움이 안 되는 상황에 처할 때 흔히 '다섯 번째 바퀴 같은 기분'을 느낀다고들 한다. 자동차나 수레처럼 네 바퀴로 굴러가는 탈것에 다섯 번째 바퀴는 있으나 마나 한 물건이다. 스테파노가 커피를 끓이는 사이에 아이들은 식탁에 꼼짝 않고 앉아 있었다. 이 식탁에서 몽티 삼촌이 구운 살살 녹는 코코넛 케이크를 먹었던 것이 바로 어제 일 같은데, 지금 바이올렛과 클로스, 서니는 자기들이 한참 잘못 된 길로 달려가는 자동차의 다섯 번째, 여섯 번째, 일곱 번째 바퀴가 된 듯한 느낌을 지울 수 없었다. 안개 항구로 달려가 결국 은 페루로 향하는 자동차의 바퀴 말이다.

"루카퐁 박사에게 전화를 걸었을 때 교통 사고가 나서 로 씨의 차가 부서졌다는 얘기도 전했습니다. 시신을 살펴본 후 시내의 차량 정비소까지 태워다 주시겠다고 흔쾌히 승낙하시더군요. 그 동안 저는 아이들과 함께 여기 있겠습니다."

"아뇨, 저흰 단 한 순간도 저 사람하고만 있진 않을 거예요."

클로스가 잘라 말했다.

포 아저씨는 자기 찻잔에 커피를 따라 주는 스테파노에게 미 소를 지어 보이더니 엄한 표정으로 클로스를 바라보았다.

"클로스, 네가 무척 마음이 상해 있다는 건 이해한다. 그렇다 고 그렇게 무례한 태도를 보이다니……. 어서 스테파노 씨에게 사과하렴."

"싫어요!"

클로스가 소리질렀다.

"내버려 두세요. 아이들은 몽고메리 박사의 살인 사건을 보고 기겁을 했어요. 그런 마당에 예의 바르게 굴길 기대하는 건 너무한 것 아니겠습니까?"

스테파노가 살살 달래는 듯한 어조로 말했다.

"살인요?"

바이올렛이 외쳤다. 바이올렛은 스테파노 쪽으로 고개를 돌리고, 화가 난 게 아니라 그저 궁금해서 견딜 수 없다는 듯한 표정을 지으려 애쓰며 물었다.

"왜 '살인' 이라는 말을 쓰셨어요, 스테파노 아저씨?"

스테파노는 낯빛이 돌연 어두워지면서 식탁 모서리를 움켜잡았다. 당장이라도 저 계집애의 눈을 할퀴어 버릴 수만 있다면 더이상 바랄 게 없겠다는 표정이었다.

"내가 말실수를 했군."

한참 만에 가까스로 스테파노가 말했다. 포 아저씨는 커피를 홀짝이며 대꾸했다.

"물론 그러시겠죠. 그런데 아이들의 기분이 나아질 수 있다면 루카퐁 박사와 시내에 나갈 때 같이 데리고 나가는 것도 나쁘지 않겠어요."

"글쎄요. 그러기는 힘들 텐데요. 루카퐁 박사의 차도 퍽 작던데요. 하지만 아이들이 굳이 그러고 싶어한다면 저와 함께 지프를 타고 차량 정비소까지 따라갈 수는 있겠지요."

스테파노가 눈을 희번덕거리며 말했다.

아이들은 서로 얼굴을 번갈아 바라보면서 머릿속으로 궁리를 거듭했다. 지금 상황은 꼭 게임 같다. 하지만 굉장히 위험한 게임이다. 그저 스테파노와의 말싸움으로만 끝나고 말 성질의 것이 아니었으니까. 언제 또다시 스테파노의 계략에 말려들어 프로스페로 호를 타게 될지 그건 누구도 알 수 없는 일이었다. 이 탐욕스럽고 사악한 사내와 덜렁 페루에 가게 된다면 그 다음 일은 상상하기도 싫었다. 지금 아이들이 해야 할 일은 아예 그런 사태가 벌어지지 않도록 막는 것이었다. 아이들의 귀중한 생명이 고작 차를 누구와 나눠 타네 마네 하는 사소한 일에 달려 있다는 것이 어처구니없어 보일지도 모르겠지만, 살다 보면 때로는 보잘것 없는 일이 엄청나게 중요한 결과를 낳을 때도 많다.

"저흰 루카퐁 박사님의 차를 타고 싶어요. 포 아저씨가 스테파노 아저씨하고 같은 차를 타시면 어떨까요?"

바이올렛이 조심스럽게 말을 꺼냈다.

"왜지?"

포 아저씨가 물었다.

"의사 선생님의 차 안은 어떨까 늘 궁금했거든요."

그렇게 대꾸하면서 바이올렛은 자기가 들어도 어설프기 짝이 없는 소리라고 생각했다.

"네, 저도 그러고 싶어요. 루카퐁 박사님 차를 타게 해 주세요."

클로스도 덩달아 나섰다.

"그건 어렵겠구나."

별안간 부엌 문간에서 루카퐁 박사의 목소리가 들려 왔다. 부엌에 있던 사람들은 모두 소스라치게 놀랐다.

"너희 셋이 함께 타는 건 무리야. 뒷좌석에 몽고메리 박사의 시신을 실어야 하기 때문에 두 사람밖에는 탈 수가 없거든."

"검시가 벌써 끝났습니까?"

포 아저씨가 물었다.

"우선 기본적인 것은 끝냈습니다. 다른 검사를 하려면 시신을 옮겨야 해요. 지금으로선 몽고메리 박사가 독사에 물려 사망했다고 생각됩니다. 남은 커피는 제 몫인가요?"

"물론이지요."

스테파노는 루카퐁 박사에게 커피 한 잔을 따라 주었다.

"어떻게 그걸 아셨어요?"

바이올렛이 루카퐁 박사에게 질문을 던졌다.

"무슨 뜻이지? 바로 여기 커피가 남아 있는 게 보이니까 그렇지. 내가 마시면 안 되는 커피냐?"

루카퐁 박사가 의아스럽다는 듯 되물었다.

"바이올렛의 질문은 몽고메리 박사가 독사에 물렸다는 걸 어떻게 확신할 수 있느냐는 겁니다."

포 아저씨가 설명했다.

"몽고메리 박사의 혈관에서 '악마의 코브라'의 독을 발견했으니까요. 가장 치명적인 독 가운데 하나죠."

"그 말씀은 지금 이 집 안에 그 독사가 돌아다니고 있다는 뜻인가요?"

포 아저씨가 질겁을 했다.

"아니, 아닙니다. 악마의 코브라는 우리 안에 얌전히 갇혀 있어요. 아마 우리를 빠져 나와 몽고메리 박사를 해친 뒤에 우리로 돌아가 자물쇠를 잠갔겠지요."

"뭐라고요? 말도 안 돼요. 뱀이 어떻게 저 혼자 자물쇠를 잠가요?"

바이올렛이 의문을 제기했다. 루카퐁 박사는 커피를 홀짝이며 차분하게 대꾸했다.

"그럼 다른 뱀들이 도와줬나 보지. 그런데 여기 혹시 다른 요깃거리는 없나요? 서둘러 달려오느라 아침을 못 먹어서요."

"박사님 말씀은 뭐랄까, 조금 이상한 데가 있군요."

포 아저씨가 이해가 안 간다는 표정으로 루카퐁 박사를 쳐다보았다. 마침 박사는 뭐 먹을 거라도 없나 열심히 찬장을 뒤지고 있었다.

"내가 여태껏 봤던 끔찍한 사고들은 대개 이상한 구석이 있었지요."

박사가 얼렁뚱땅 대답했다.

"이건 사고가 아니에요. 몽티 삼촌은 세계적으로 널리 알려진, 존경받는 파충류 학자 가운데 한 분이셨어요. 저 혼자 힘으로 우리 문까지 여는 치명적인 독사를 아무렇게나 놔 두셨을 분이 절대 아니에요."

바이올렛이 말하자 루카퐁 박사가 말을 받았다.

"만약 사고가 아니라면 누군가가 일부러 한 짓이란 뜻이잖니. 너희 셋이 그랬을 리야 없고 너희 말고 이 집에 있었던 사람은 스테파노 씨뿐인데."

"저는 뱀에 대해서는 아는 게 거의 없어요. 이 집에서 고작 이틀 일했을 뿐인걸요. 뭔가를 배우기에는 턱없이 부족한 시간이죠."

스테파노가 재빨리 덧붙였다.

"그렇다면 몽고메리 박사의 죽음은 우연한 사고일 수밖에 없겠군요."

포 아저씨는 잠깐 말을 멈추고 아이들을 둘러보았다.

"정말 안됐구나, 얘들아! 몽고메리 박사는 너희에게 적합한 후견인이었던 것 같은데……."

"아니, 그 이상이셨어요. 적합한 것보다 훨씬, 훨씬 더 훌륭한 분이셨어요."

바이올렛이 조그만 목소리로 말했다.

"그건 몽티 삼촌 거예요!"

갑자기 클로스가 소리를 질렀다. 클로스는 화난 얼굴을 잔뜩 찡그리고는 루카퐁 박사가 꺼내 든 통조림을 가리켰다.

"그건 몽티 삼촌 거예요! 건드리지 말라구요!"

"겨우 복숭아 몇 조각 먹으려던 것뿐이야."

루카퐁 박사가 별스럽게 뻣뻣해 보이는 손에 복숭아 통조림을 든 채 중얼거렸다. 그것은 바로 어제 몽티 삼촌이 시내에서 사온 것이었다. 포 아저씨는 정중하게 루카퐁 박사에게 부탁했다.

"부탁이니 저 아이 말대로 해 주십시오. 아이들은 몹시 충격을 받은 상태입니다. 박사님도 이해하시겠지요? 너희 잠깐 자리를 피해 주겠니? 의논해야 할 일이 한두 가지가 아닌데 이 자리에 있기엔 너희가 너무 예민하구나. 자, 이제 아까 하던 얘기를 마저 하도록 합시다. 루카퐁 박사의 차에는 몽고메리 박사의 시신까지 포함해서 세 사람이 앉을 자리가 있다는 말씀이지요? 스테파노 씨가 운전할 지프에도 세 사람이 앉을 수 있겠구요."

"문제는 아주 간단하군요. 도 씨와 시체가 루카퐁 박사님 차를 타고 그 뒤를 제가 아이들을 태우고 따라가면 되겠네요."

스테파노가 말하자 클로스가 단호하게 소리쳤다.

"싫어요!"

"얘들아, 자리를 좀 비켜 달라니까!"

포 아저씨 역시 클로스만큼이나 단호한 어조로 말했다.

"시떠!"

서니가 빽 소리를 질렀다. 분명히 '싫어!' 라는 뜻이었다.

"그럴게요."

바이올렛이 재빨리 대답했다. 바이올렛은 동생들에게 의미심 장한 눈빛을 보내더니 동생들의 손을 잡아 끌고 부엌을 나갔다. 클로스와 서니는 바이올렛을 올려다보았다. 바이올렛은 어딘지 달라져 있었다. 이제 바이올렛은 슬픔에 잠겨 있지 않았다. 오히 려 뭔가 결심을 굳힌 비장한 표정으로, 뭔가 급한 일이라도 있는 것처럼 재게 걸어가고 있었다.

여러분도 기억하고 있겠지? 몇 년이 지난 뒤에도 클로스는 잠 자리에 누워 자기들 삶에 스테파노를 들여 놓은 택시 운전사를 소리쳐 부르지 않은 것을 후회하고 또 후회하리라는 것을 말이 다. 이 점에서 바이올렛은 클로스보다 운이 좋았다. 스테파노가 올라프 백작임을 알아챘을 때 기겁해서 택시 운전사를 부르지 못했던 동생과는 달리, 바이올렛은 어른들이 같은 얘기를 지루 하게 되풀이하고 있는 지금이 바로 기회라는 것을 깨달았다. 몇 년이 흐른 뒤 바이올렛이 지난 세월을 되돌아보며 편안히 잠들 수 있을지는 잘 모르겠지만—아무 생각 없이 평화롭게 잠들기 엔 보들레어 가의 아이들에게 고통스런 순간이 너무도 많았으니까—그래도 그때 부엌에서 나와 좀더 도움이 될 곳으로 가야 한다는 걸 재빨리 깨달았다는 점만큼은 바이올렛이 언제까지나 자랑스럽게 생각할 만한 일이었다.

"누나, 뭘 하려는 거야? 어디로 가는 거야?"

클로스가 물었다. 서니도 의문이 가득한 눈으로 언니를 올려다보았다. 그렇지만 바이올렛은 그저 고개를 흔들고는 파충류의 방을 향해 발걸음을 재촉할 뿐이었다.

9. 단서를 찾아라!

바이올렛은 파충류의 방의 육중한 문을 열어 젖혔다. 동물들은 여전히 우리 안에 갇힌 채였고, 책들은 여전히 책꽂이에 가지런히 꽂혀 있었으며, 아침 햇살은 여전히 유리벽으로 물결쳐 들어오고 있었다. 그래도 그 방은 예전과는 달랐다. 루카퐁 박사가 몽티 삼촌의 시신을 옮겼지만 파충류의 방은 예전과는 달리 낯설게만 느껴졌다. 아니, 앞으로도 영원히 그럴 것만 같았다. 같은 장소라 해도 충격적인 일이 일어나기 전과 후의 느낌은 확연히 다르다. 여러분의 기분이 그곳을 전혀 다른 빛으로 물들여 버리는 것이다. 마치 하얀 천에 떨어진 잉크 자국처럼. 제아무리 문질러 빨고 닦아 기억 속에 묻은 잉크의 흔적은 지워지지 않는다.

"난 안 들어갈래. 몽티 삼촌이 돌아가신 곳이잖아."

"나도 마찬가지야, 클로스. 하지만 우린 여기서 할 일이 있어."

"일? 무슨 일?"

클로스가 되묻자 바이올렛은 입술을 지그시 깨물었다.

"사실 우리 대신 포 아저씨가 해야 할 일이야. 하지만 늘 그랬듯이 포 아저씨는 좋은 분이긴 해도 실제로는 도움이 안 돼."

클로스와 서니는 한숨을 폭 내쉬었다. 바이올렛의 말이 옳았다. 이제껏 입 밖에 꺼낸 적은 없지만 모두들 포 아저씨에 대해 엇비슷한 생각을 가지고 있었다. 포 아저씨는 아이들의 일을 맡게 되었을 때부터 지금까지 도움이 된 적이 없었다.

"포 아저씨는 스테파노와 올라프 백작이 같은 사람이라는 걸 믿지 않아. 그러면서 몽티 삼촌의 죽음을 사고라고 믿고 있지. 우리는 그 생각이 틀렸다는 걸 증명해야 해."

"하지만 스테파노의 발목에는 문신이 없었어. 루카퐁 박사는 몽티 삼촌의 혈관에서 '악마의 코브라' 독을 발견했고."

클로스가 지적하자 바이올렛은 성마르게 대꾸했다.

"알아, 나도. 하지만 무엇이 진실인지는 우리 셋 다 잘 알고 있어. 어른들을 설득하려면 스테파노의 속셈을 밝힐 만한 증거를 찾아야 해."

"그런 증거를 좀더 빨리 찾을 수 있었다면 몽티 삼촌의 목숨
을 구할 수 있었을 텐데……."

클로스가 침울하게 말했다.

"글쎄, 그건 아무도 모르는 일이야."

바이올렛이 조용한 목소리로 대꾸했다. 그러고는 파충류의 방
을 둘러보았다. 몽티 삼촌이 평생 파충류를 연구했던 방이었다.

"그래도 스테파노를 살인 혐의로 감옥에 가둘 수만 있다면 적
어도 다른 사람들을 해치지 못하게는 할 수 있어."

"우리도 그 다른 사람들 속에 들겠지."

클로스가 말했다.

"그래, 우리도. 그럼 클로스, 지금부터 몽티 삼촌의 책에서 악
마의 코브라에 관한 모든 자료를 찾아봐. 뭔가 찾은 게 있으면
나한테 알려 주고."

클로스는 몽티 삼촌의 어마어마한 책들을 흘깃 바라보았다.

"하지만 이 자료를 다 뒤지려면 며칠은 걸릴 텐데."

클로스의 말에 바이올렛은 딱 잘라 말했다.

"우리한텐 시간이 많지 않아. 며칠은커녕 몇 시간의 여유도
없다고. 프로스페로 호는 다섯 시에 안개 항구를 출발한댔어. 스
테파노는 우리를 그 배에 태우려고 어떻게든 빨리 일을 마무리
지으려 할 거야. 만약 그 사람하고 같이 페루에 가게 된다면 그

때는……."

클로스가 바이올렛의 말을 막고 나섰다.

"그만! 그만 해! 자, 일을 시작하자. 누나! 여기 이 책을 받아."

"난 책을 뒤지진 않을 거야. 네가 서재에 있는 동안 난 스테파노의 방에 올라가서 사건의 실마리가 될 수 있는 단서가 있나 찾아볼게."

"혼자서?"

클로스가 물었다. 바이올렛은 뭔가 믿을 만한 구석이라도 있는 듯 너스레를 떨었다.

"걱정 마, 위험한 일은 없을 테니까. 자, 빨리 책을 찾아봐, 클로스. 서니는 문에서 망을 보고 있다가 들어오려는 사람이 있으면 물어뜯도록 해."

"우빠!"

서니가 '알겠습니다!' 하고 외치듯 소리쳤다.

바이올렛은 파충류의 방을 나갔다. 서니는 언니의 지시를 충실히 따라 날카로운 이 네 개를 드러낸 채 문을 지키고 섰다. 클로스는 독사 우리가 있는 통로를 조심스럽게 피해서 방 가장 안쪽에 있는 서재로 들어갔다. 클로스는 '악마의 코브라' 는 말할 것도 없고 다른 독사들도 보고 싶지 않았다. 몽티 삼촌의 죽음이 뱀이 아니라 스테파노 때문이란 것은 알고 있었다. 하지만 모처럼 찾아든 행복을 빼앗긴 게 서러워 뱀을 쳐다보는 것조차 견딜 수 없었다. 클로스는 한숨을 내쉬면서 책을 펼쳤다. 자기를 짓누르는 끔찍한 상황을 조금이나마 잊고 싶을 때 보들레어 가의 둘째가 택한 방법은 언제나 책을 읽는 것이었다.

이제 '한편……' 이라는 조금 진부한 표현으로 바이올렛의 얘기를 전해야겠다. 여기서 '진부한' 이란 말은 나 레모니 스니켓이 쓰기 전에도 수없이 많은 작가들의 책에 오르내려서 이제는 케케묵었다는 뜻이다. 다시 '한편……' 으로 되돌아가면, 이 표현은 이야기의 한 부분에서 다른 부분으로 넘어갈 때 곧잘 쓰이는 말이다. 하여튼 '한편, 바이올렛은……' 으로 넘어가 보자. 클로스와 서니가 파충류의 방에 머무는 동안 바이올렛에게는 무슨 일이 있었을까? 클로스가 몽티 삼촌의 서재에서 책을 찾아보고 서니가 날카로운 이를 무기로 문가에서 보초를 서고 있을 무렵, 바이올렛은 아주 흥미진진한 일을 벌이려 하고 있었다.

바이올렛은 부엌 문 뒤에 숨어 어른들의 이야기를 엿들으려던 참이었다. 여러분도 잘 알고 있겠지만 엿듣기의 기본은 들키지 않는 데 있다. 바이올렛은 복도 마룻바닥의 삐걱이는 자리를 밟지 않으려고 갖은 애를 쓰면서 살금살금 부엌으로 다가갔다. 부엌 문 앞에서 바이올렛은 호주머니에 든 리본을 꺼내 바닥에 떨어뜨렸다. 그러면 누가 문을 열었을 때 리본을 주우려고 무릎을 꿇고 있었다는 핑계를 댈 수 있을 테니까. 이 속임수는 바이올렛이 꼬마였을 때 스스로 깨친 것이었다. 바이올렛은 자기 생일 전

날이면 엄마 아빠가 어떤 계획을 세우고 있는지 침실 문에 기대서 몰래 엿듣곤 했다. 그건 언제나 대성공이었다. 빼어난 속임수가 다 그렇듯이.

"하지만, 포 씨! 스테파노 씨가 내 차에 타고 당신이 몽고메리 박사의 지프를 운전한다고 칩시다. 그러면 길을 어떻게 찾으시려고요?"

루카퐁 박사의 목소리였다.

"무슨 말씀을 하시려는 건지는 압니다. 하지만 서니가 몽고메리 박사의 시신 위에 올라앉으려 하겠어요? 다른 방법을 생각해 봐야 해요."

이번에는 포 아저씨의 목소리가 들려 왔다.

"좋은 방법이 있습니다. 루카퐁 박사의 차에 아이들을 태우고 제가 운전을 하는 겁니다. 그럼 로 씨는 루카퐁 박사와 함께 몽고메리 박사의 지프에 몽고메리 박사의 시신을 싣고 가면 되잖습니까?"

스테파노의 말에 루카퐁 박사가 못마땅한 말투로 대꾸했다.

"그건 좀 곤란하겠는데요. 우리 시의 법률에 다른 사람이 내 차를 운전할 수는 없게 되어 있어요."

"그런데 아이들 짐은 어쩌죠?"

포 아저씨가 말했다.

그만하면 충분했다. 바이올렛은 자리에서 일어섰다. 지금 같아서는 스테파노의 방을 뒤질 시간이 넉넉할 것 같았다. 바이올렛은 소리를 죽여 살그머니 계단을 올라가 복도를 걸어갔다. 그 두렵기 짝이 없던 밤 스테파노가 칼을 쥐고 앉아 있던 바로 그 자리였다. 마침내 스테파노의 방 문에 이르렀을 때였다. 바이올렛이 갑자기 걸음을 멈추었다. 정말 이상도 하지, 바이올렛은 마음 속으로 생각했다. 올라프 백작과 관련된 일은 왜 하나같이 다 무서운 걸까. 올라프 백작에 대한 두려움이 얼마나 큰지 침실 문을 보는 것만으로도 가슴이 마구 콩닥거릴 지경이었다. 바이올렛은 마음 한구석으로 지금이라도 스테파노가 계단을 올라와서 앞을 막아 줬으면 하고 바랐다. 그러면 이 문을 열지 않아도 되고 침실로 들어가지 않아도 될 테니까. 그렇지만 바로 그 순간 바이올렛의 머릿속에 자기와 동생들의 안전이 떠올랐다. 안전이 위협받는 상황에 이르면 자기도 모르는 용기가 솟아나는 법이다. 바이올렛도 그랬다. 바이올렛은 마음을 가다듬고 문을 열었다. 교통사고의 충격으로 아직도 어깨가 욱신거렸지만 바이올렛은 황동으로 만든 묵직한 문고리를 돌려 안으로 걸어 들어갔다.

예상했던 대로 방 안은 더럽기 짝이 없었다. 이부자리는 개키지 않아 너저분하게 널려 있고 과자 부스러기와 머리카락이 여기저기 굴러다녔다. 바닥에는 날짜 지난 신문들과 우편 주문용 카탈로그들이 지저분하게 쌓여 있었다. 서랍장 위에는 반쯤 마시다 버린 포도주 병들이 아무렇게나 넘어져 있었다. 열린 옷장 문으로 그 속에 든 녹슨 옷걸이 뭉치가 그대로 드러났다. 아무렇게나 둘둘 말린 창문 커튼에는 여기저기 뭉친 자국이 있었다. 가까이 다가간 바이올렛은 기겁해서 뒤로 물러났다. 그건 스테파노가 코를 푼 자국이었다.

그 자국이 지독히 혐오스럽긴 했지만 바이올렛이 찾으려던 증거는 아니었다. 바이올렛은 방 한가운데에 우두커니 서서 구질구질한 침실 풍경을 꼼꼼히 살펴보았다. 모든 것이 끔찍했지만 별로 도움이 될 만한 것은 없었다. 바이올렛은 여전히 욱신거리는 어깨를 문지르며 올라프 백작의 집에서 동생들과 탑에 갇혔을 때를 더듬어 보았다. 백작의 '소굴'—여기서 '소굴'이란 '사악한 계략을 꾸민 불결한 방'이라는 뜻으로 쓴 말이다—에 감금되었을 때의 두려움이란 말로 표현할 수 없을 정도였지만 결국은 그 시간이 꽤 도움이 되었다. 그 방에서 클로스가 읽은 혼인법에 관한 책들을 통해 올라프 백작의 속셈을 무산시킬 꾀를 짜낼 수 있었으니 말이다. 하지만 여기 몽티 삼촌의 집 백작의 소굴에선 얻을 게 없었다. 바이올렛이 얻은 유일한 결론은 방이 지독히도 비위생적이고 무질서하다는 것뿐이었다. 스테파노가 어딘가 결정적인 증거를 흘렸을지도 모를 일이지만, 도대체 그걸 어디서 찾아 포 아저씨에게 내놓는단 말인가! 맥이 빠진 바이올렛은 스테파노의 방에서 너무 많은 시간을 버린 게 아닌가 걱정하며 재빨리 아래층으로 내려갔다.

"아니, 무슨 말씀이세요? 몽고메리 박사가 운전을 하다뇨? 죽은 사람 아닙니까? 다른 방법이 있을 겁니다."

바이올렛이 다시 부엌 문에 귀를 기울이자 포 아저씨의 목소리가 들려 왔다.

"몇 번이나 얘기했잖습니까? 가장 손쉬운 방법은 제가 아이들을 시내로 데려가는 거라니까요. 당신과 루카퐁 박사는 몽고메리 박사의 시신을 싣고 제 뒤를 따라오면 된다구요. 이보다 더 간단한 방법이 어디 있겠어요?"

스테파노의 목소리였다. 바이올렛은 스테파노가 슬슬 화가 치밀기 시작했다는 걸 알아차렸다.

"그 말이 맞겠군요."

포 아저씨가 마침내 한숨을 내쉬었고 바이올렛은 허겁지겁 파충류의 방으로 돌아왔다.

"클로스, 클로스! 도움 될 만한 걸 찾았니? 스테파노의 방엔 아무 단서도 없었어. 그리고 어쩜 우리가 스테파노 차에 타게 될 것 같아."

바이올렛이 소리쳤다. 클로스는 대답 대신 빙그레 웃더니 손에 펴 든 책에서 한 부분을 큰 소리로 읽어 내려갔다.

" '악마의 코브라' 는 이 반구에서 인간에게 가장 치명적인 독사 중 하나이다. 이 독사는 먹이를 물어 독을 방사하면서 압박을 가하여 교살하는 것으로 악명이 높다. 이 뱀의 희생자는 피부가 암청색을 띠는 것으로 알려져 있다."

"방사? 교살? 암청색? 무슨 말인지 전혀 모르겠다."

바이올렛이 클로스의 말을 되풀이했다.

"나도 처음에는 무슨 뜻인지 몰랐어. 하지만 사전을 찾아보니까 '방사'는 내뿜는다는 뜻이래. '교살'은 목을 졸라 죽인다는 뜻이고. '암청색'은 어두운 청색이지. 그러니까 쉬운 말로 바꾸면 '악마의 코브라'는 먹잇감을 독 이빨로 물고 목을 졸라 죽이는데, 시체에는 어두운 청색의 멍이 잔뜩 든다는 거야."

"그만! 그만! 몽티 삼촌한테 무슨 일이 일어났는지 더는 듣고 싶지 않아!"

바이올렛이 두 손으로 귀를 틀어막았다.

"누나, 잘 생각해 봐. 조금 전에 내가 읽었던 내용은 몽티 삼촌한테 일어난 일과는 전혀 달라."

클로스가 부드러운 목소리로 대꾸했다.

"그렇지만 루카퐁 박사는 '악마의 코브라'의 독이 몽티 삼촌의 혈관에서 발견되었다고 했는걸."

"루카퐁 박사의 얘기가 틀린 건 아닐 거야. 하지만 뱀은 삼촌을 물지 않았어. 그랬다면 몽티 삼촌의 몸은 멍투성이가 됐을 거라고. 하지만 누나도 봤잖아! 몽티 삼촌의 얼굴은 아주 창백했어, 그렇지?"

바이올렛이 무슨 말을 꺼내려다 입을 다물었다. 그랬다, 아이들이 처음 발견했을 때 몽티 삼촌은 핏기 없이 창백한 얼굴이었다.

"그래, 그랬어. 그렇다면 몽티 삼촌은 어떻게 된 거지?"

바이올렛이 말했다.

"몽티 삼촌이 해 주신 얘기 기억해? 몽티 삼촌은 독사의 독을 채취해서 캐비닛에 보관하고 있다고 하셨어. 연구를 하려고 말이야. 내 생각에는 스테파노가 그 독을 몰래 꺼내서 몽티 삼촌에게 주사했을 것 같아."

클로스의 말에 바이올렛은 부르르 몸서리를 쳤다.

"정말일까? 아, 끔찍해."

"아쿠쿠······."

서니가 비명을 질렀다. 서니도 비슷한 생각인 모양이었다.

"내가 알아 낸 사실을 포 아저씨한테 얘기하면 스테파노는 몽티 삼촌을 살해한 혐의로 감옥에 갇히게 될 거야. 우리를 강제로 페루로 데려가지도 못할 거고, 그 무시무시한 칼로 겁을 주지도 못할 거라고. 무거운 옷 가방을 들게 하거나 싫은 일을 억지로 시키지도 못하겠지."

클로스가 자신만만하게 말했다. 바이올렛은 클로스를 빤히 바라보았다. 바이올렛의 눈은 흥분으로 둥그레져 있었다.

"맞아! 스테파노의 옷 가방!"

바이올렛이 소리지르자 클로스가 호기심에 차서 물었다.

"옷 가방이라니 무슨 말이야?"

바이올렛이 설명하려는 순간 똑똑 문 두드리는 소리가 들렸다.

"들어오세요."

바이올렛은 안으로 들어오는 포 아저씨를 물지 말라고 서니에게 눈짓을 했다.

"이제 기분이 좀 나아졌니? 아직도 스테파노 씨가 올라프 백작이라고 상상하면서 재미있어하고 있는 건 아니겠지? 그게 그렇게 재미있는 일도 아니잖아?"

포 아저씨가 아이들을 차례로 돌아보며 말했다. 그냥 '생각하고 있다'고 하면 될 것을 포 아저씨는 '굳이 재미있어한다'고 표현하고 있었다.

"스테파노가 올라프 백작이 아니더라도 몽티 삼촌의 죽음에 책임이 전혀 없다고는 할 수 없어요. 그게 저희 생각이에요."

클로스가 무척이나 조심스럽게 말했다.

"말도 안 되는 소리! 몽고메리 박사의 죽음은 끔찍한 사고일 뿐, 그 이상도 그 이하도 아니야."

포 아저씨가 소리쳤다. 바이올렛은 클로스에게 고개를 저어 보였다. 하지만 클로스는 조금 전에 읽었던 책을 펴 들었다.

"아저씨가 다른 분들과 부엌에 계실 때 저흰 뱀에 대한 책을 읽었어요. 그리고……."

"뱀에 대한 책을 읽었다고? 몽고메리 박사가 뱀 때문에 사고를 당했는데 하필 뱀에 관한 책을 읽다니!"

"하지만 저는 이 책에서 결정적인 사실을 알게 되었어요. 그건……."

클로스가 입을 열었지만 포 아저씨는 손수건을 꺼내며 그 말을 잘랐다.

"네가 그 책에서 무엇을 찾아 냈든 그건 그다지 중요한 문제가 아니야."

아이들은 포 아저씨가 한바탕 요란스레 재채기를 한 다음 손수건을 다시 호주머니에 넣을 때까지 참을성 있게 기다렸다.

"네가 뱀에 대해 찾아 낸 건 그렇게 중요하지 않아. 스테파노 씨는 뱀에 관해서는 아는 바가 없어. 직접 그렇게 말하지 않던."

"그렇지만……."

클로스가 입을 열려다가 누나를 보고는 말을 멈추었다. 바이올렛은 다시금 동생에게 가만히 고개를 흔들어 보였다. 포 아저씨에게 더 이상 아무 말도 하지 말라는 표시였다. 클로스는 바이올렛을 보고 다시 포 아저씨를 쳐다보았다. 클로스는 입을 다물었다.

포 아저씨가 또다시 손수건으로 입을 막고 쿨럭쿨럭 잔기침을 하더니 손목시계를 들여다보았다.

"그 문제는 이 정도로 끝내도록 하자. 이제 누가 누구 차를 타느냐 하는 문제가 남았는데, 너희, 의사가 타고 다니는 차 안이 어떻게 생겼는지 궁금하다고 했지? 해서 부엌에서 이 문제를 몇 번이고 의논했다. 그래서 내린 결론인데…… 아무래도 뾰족한 수가 없더구나. 너희 셋은 스테파노 씨의 차를 타고 시내로 가고, 나는 몽고메리 박사의 시신을 싣고 루카퐁 박사와 함께 가기로 했단다. 지금 스테파노 씨와 루카퐁 박사가 내 차에서 너희 짐을 내리고 있으니 몇 분 안에 출발할 수 있을 게다. 그 전에 나는 파충류 학회에 전화를 걸어 몽고메리 박사가 돌아가셨다는 소식을 전해야겠어."

포 아저씨는 또 한 번 손수건으로 입을 가리고 재채기를 하더니 곧바로 파충류의 방을 떠났다.

"누나, 왜 포 아저씨한테 책 얘기를 하지 말라고 한 거야?"

말소리가 포 아저씨에게 들리지 않을 때까지 기다렸다가 클로스가 가만히 물었다. 바이올렛은 아무 대답이 없었다. 바이올렛의 시선은 파충류의 방 유리창을 지나 밖을 향하고 있었다. 창밖에는 스테파노와 루카퐁 박사가 뱀 모양 울타리를 지나 몽티 삼촌의 지프로 다가가는 중이었다. 스테파노가 지프의 문을 열자 루카퐁 박사가 그 뻣뻣한 손으로 뒷좌석에 있는 짐들을 내리기 시작했다.

"누나! 아까 왜 포 아저씨한테 말하지 말라고 했느냐니까?"

클로스가 재차 물었지만 바이올렛은 클로스의 질문을 무시한 채 중얼거렸다.

"어른들이 우릴 데리러 오면 내가 돌아올 때까지 이 방에서 못 나가게 해."

"하지만 어떻게?"

"관심을 엉뚱한 곳으로 돌리도록 속임수를 써 봐!"

바이올렛이 조바심을 내며 대답했다. 바이올렛의 눈길은 아직도 창 밖을 향하고 있었다. 밖에서는 이제 루카퐁 박사가 옷 가방들을 한데 쌓는 중이었다.

"관심을 돌리라고? 어떻게?"

클로스가 걱정스럽게 물었다.

"무슨 수를 써서라도 제발 그렇게 하란 말야, 클로스! 넌 엄청나게 많은 책을 읽었잖아. 그러니까 틀림없이 상대의 정신을 흩뜨리는 이야기도 읽었을 거야."

바이올렛의 말에 클로스는 잠시 생각에 잠겼다.

"고대 그리스인들은 트로이 전쟁에서 이기려고 거대한 목마를 만들어서 그 안에 몰래 병사들을 숨겨 놓았어. 그 얘기도 상대의 주의를 다른 데로 돌리는 것이긴 해. 하지만 우린 목마를 만들 시간이 없잖아."

"그럼 다른 걸 생각해 봐!"

바이올렛이 방문 쪽으로 걸어가며 말했다. 바이올렛은 아직도 눈으로 창문 밖의 움직임을 쫓고 있었다. 클로스와 서니는 바이올렛을 쳐다봤다가 바이올렛의 시선을 쫓아 창 밖을 내다보았다. 같은 장면을 보아도 사람마다 다른 생각을 한다는 건 참 희한한 일이다. 클로스와 서니는 옷 가방 더미를 보자 겁이 덜컥 났다. 무슨 일이든 빨리 하지 않으면 결국 스테파노와 함께 몽티 삼촌의 지프를 타게 되리라는 생각이 머리를 스친 것이다. 그렇지만 파충류의 방을 걸어 나가는 바이올렛의 생각은 다른 모양이었다. 동생들은 그 생각이 뭔지 짐작도 할 수 없었지만, 하여간 바이올렛은 전혀 다른 결론에 이르러 있었다. 자기의 갈색 옷 가방을 보고 떠올린 생각일 수도 있었다. 아니면 클로스의 물건이 든 베이지색 가방이나 서니의 조그만 회색 가방을 보고 생각했는지도 모를 일이다. 어쩌면 그 번쩍이는 은빛 자물쇠가 달린 검은 가방 때문인지도 몰랐다. 바로 그 스테파노의 가방 때문인지도.

10. 서니의 활약

　여러분은 어렸을 때 틀림없이 누군가에게서 『늑대와 양치기 소년』이라는 무미건조한 이야기를 들었을 것이다. 여기서 '무미건조한'이란 말은 '솔직히 말해 다른 사람에게 읽어 줄 가치가 없는'이란 뜻이다.

　하여간 그 이야기는 이렇다. 멍청하기 짝이 없는 한 소년이 늑대가 없는데도 "늑대다!" 하고 외쳤더니 마을 사람들이 소년을 구하려고 우르르 달려왔다. 하지만 늑대는 보이지 않고 소년의

짓궂은 장난이라는 걸 모두들 알게 된다. 그러던 어느 날 진짜 늑대가 나타나 소년이 "늑대다!" 하고 소리쳤지만 아무도 달려와 주지 않았다. 소년은 늑대 밥이 되고 말았는데, 정말 다행스럽게도 이야기는 여기서 더 이어지지 않고 끝나 버린다.

내 생각에 그 이야기의 진짜 교훈은 '늑대가 출몰하는 곳에서는 살지 마라' 이다. 그렇지만 여러분에게 이 책을 읽어 주었을 많은 어른들은 '절대 거짓말하지 마라' 는 뜻이라고 했을 거다. 그건 터무니없는 얘기다. 여러분도 나도 잘 알고 있듯이, 해서 좋은 거짓말도 있고 꼭 필요한 거짓말도 있으니까. 바이올렛이 파충류의 방을 떠난 뒤에 서니가 벌인 소동이 바로 그랬다. 서니는 '죽음의 맹독성 살무사' 의 우리로 기어가서 뱀을 풀어 준 다음 있는 힘껏 비명을 지르기 시작했다.

서니의 이야기를 계속하기 전에 또 하나 늑대가 등장하는 이야기가 떠오른다. 『빨간 모자』를 들어 보았겠지? 이것 또한 어른들이 아이들의 침대 머리맡에서 즐겨 읽어 주는 이야기이다. 『늑대와 양치기 소년』에 나오는 소년만큼이나 마음에 안 드는 '빨간 모자' 라고 불리는 여자 애가 살았는데, 이 애는 맹수들이 사는 땅에 제멋대로 들어갔다. 아마 여러분도 이 버릇없는 여자 애에게 당한 늑대가 여자 애의 할머니를 잡아먹고 할머니의 옷으로 변장을 한다는 줄거리를 기억할 것이다. 여기가 가장 우스꽝스러운 부분인데, 아무리 '빨간 모자' 가 신경이 무디다 해도 할머니의 잠옷과 보풀투성이 슬리퍼로 변장한 늑대와 진짜 할머니를 구별 못 할 리가 있는가. 할머니나 어린 동생처럼 나와 가까운 사람이라면 그 사람이 진짜인지 가짜인지 모른다는 건 말이 안 된다. 그런 이유로 서니가 숨 넘어갈 듯 비명을 질러 댔어도 바이올렛과 클로스는 서니의 비명이 꾸며 낸 것이라는 걸 곧 알 수 있었다.

"저건 가짜야."

파충류의 방에서 클로스는 그렇게 혼잣말을 했다.

"저건 가짜야."

바이올렛은 자기 방으로 올라가는 층계 위에서 이렇게 말했다. 그렇지만 다른 사람들의 반응은 달랐다.

"맙소사! 뭔가 끔찍한 일이 일어난 게 틀림없어!"

포 아저씨가 부엌에서 전화를 걸고 있다가 혼잣말로 중얼거리고는, 수화기에 대고 다짜고짜 "안녕히 계십시오" 소리친 뒤 전화를 끊었다. 아저씨는 무슨 일인지 알아보려고 파충류의 방으로 달음박질쳤다.

"무슨 일이죠? 파충류의 방에서 비명 소리가 들렸어요."

포 아저씨가 스테파노와 루카퐁 박사를 붙잡고 물어 보았다. 두 사람은 차에서 짐을 옮기는 일을 마치고 막 현관으로 들어오는 참이었다.

"별일 아닐 겁니다."

스테파노가 말했다.

"아이들이 원래 그렇지요, 뭐."

루카퐁 박사도 거들었다.

"우리 눈앞에서 비극이 또 벌어져선 안 돼요."

포 아저씨는 말을 마치자 파충류의 방의 거대한 문을 향해 달렸다.

"얘들아! 얘들아!"

"여기예요. 빨리 좀 와 보세요."

클로스가 외쳤다. 클로스의 목소리는 거칠고 낮았다. 잘 모르는 사람이라면 겁에 질린 게 틀림없으리라고 생각할 법한 소리였다.

하지만 클로스가 두려움에 떨 때면 부자연스럽게 갈라지는 소리가 나온다. 이를테면 몽티 삼촌의 시신을 발견했을 때가 그랬다. 클로스의 목소리가 거칠고 낮아지는 것은 터져 나오는 웃음을 억지로 참을 때였다. 천만다행으로 포 아저씨와 스테파노, 루카퐁 박사가 파충류의 방에 들어섰을 때 클로스는 가까스로 웃음을 참을 수 있었다. 혹시라도 웃음을 터뜨렸다면 모든 일이 엉망이 되어 버렸을 테지만.

서니가 대리석 바닥에 누워 헤엄이라도 치는 양, 조그만 팔과 다리를 마구 휘젓고 있었다. 서니의 표정을 보고 클로스는 쿡쿡 터져 나오는 웃음을 참으려고 이를 악물었다. 서니는 입을 쫙 벌리고 있어서 날카로운 이 네 개가 고스란히 드러나 보였다. 두 눈이 빠르게 깜박였다. 서니도 겁에 질린 표정을 지으려고 무진 애를 쓰는 중이었다. 모르는 사람이 봤으면 깜박 속아 넘어갔을 테지만, 서니가 진짜 두려움을 느낄 때는 얼굴을 찡그리고 말이 없어진다. 예를 들면 스테파노가 발가락 하나를 자르겠다고 했을 때처럼. 클로스를 뺀 나머지 사람들에게, 서니는 두려움에 바들바들 떨고 있는 것으로 보였다. 무엇보다 효과를 더해 주고 있는 것은 서니를 친친 감은 죽음의 맹독성 살무사였다. 숯덩이처럼 새까맣고 하수구 관보다도 굵직한 몸뚱이로 조그만 아기를 휘감은 뱀은 빛나는 녹색 눈으로 서니를 노려보면서 당장이라도 집어삼키려는 듯 입을 쩍 벌렸다.

"죽음의 맹독성 살무사예요! 저 뱀이 서니를 잡아먹으려고 해요!"

클로스가 빽 하고 소리를 질렀다. 서니는 겁에 질린 것처럼 보이려고 입을 더욱 크게 벌리고 눈도 더욱 동그랗게 떴다. 루카퐁 박사의 입도 벌어져 있었다. 박사는 뭔가 말을 하려고 했지만 할 말을 찾지 못했다. 서니의 안전 따위에 관심이 있을 리 없는 스테파노조차 적어도 놀란 것처럼 보이기는 했다. 그랬으니 포 아저씨야 오죽했겠는가. 포 아저씨는 말 그대로 공포에 질려 있었다.

공포의 순간에 사람들이 보이는 반응은 크게 두 가지로 나뉜다. 한마디도 못 하고 꼼짝 않고 서 있는 사람이 있는가 하면 당황해서 아무 소리나 주절대며 미친 듯이 사방을 뛰어다니는 사람도 있는데, 포 아저씨는 바로 그 '주절—마구 뜀' 부류에 속하는 사람이었다. 클로스와 서니는 포 아저씨가 그렇게 잽싸게 돌아다니며 높고 새된 목소리로 쉴새없이 주절대는 모습을 처음 보았다.

"저런, 맙소사, 이걸 어떻게 해! 신이시여! 오, 하느님! 알라신이여! 제우스와 헤라 신이여! 성모 마리아님과 요셉이여! 아, 내 서니엘 호손님이시여! 서니를 건드리지 마! 저 뱀을 잡아라! 좀 더 가까이! 도망쳐! 움직이지 마! 뱀을 죽여야 돼! 서니를 가만 놔 두라니까! 먹이를 갖다 줘 봐! 서니를 물지 마! 뱀을 달래 봐! 자, 자, 여기다! 뱀아! 착하지, 이리 온! 이리 온!"

죽음의 맹독성 살무사는 두 눈을 서니에게 고정시킨 채 참을성 있게 포 아저씨의 말을 듣고 있었다. 갑자기 재채기가 터져 나오는 바람에 포 아저씨는 말을 멈추고 손수건에 얼굴을 묻었다. 그때였다. 죽음의 맹독성 살무사가 고개를 숙여 서니의 턱을 덥석 깨물어 버렸다. 두 친구가 처음 만났을 때 물었던 바로 그 자리였다. 클로스는 웃음을 참으려고 다시 한 번 이를 악물었다. 그렇지만 루카퐁 박사는 놀라 숨을 멈추었고 스테파노는 뚫어져라 그 광경을 노려보았다. 포 아저씨는 또다시 마구 날뛰며 주절대기 시작했다.

"뱀이 서니를 물었어! 물었다니까! 물어 버렸단 말야! 자, 침착해야지! 다들 움직여! 구급차를 불러 와! 경찰서에 연락해! 과학자를 불러 와! 우리 집사람도! 정말 끔찍해! 끔찍하다고! 아, 이런 무서운 일이 벌어지다니! 소름 끼치는 일이야! 이건 말도 안돼! 이건……."

"걱정하지 않으셔도 됩니다."

마침내 스테파노가 점잖게 끼여들었다.

"걱정하지 말라뇨? 무슨 뜻이죠? 서니를 문 뱀은…… 클로스! 그 뱀의 이름이 뭐라고 했지?"

포 아저씨가 믿지 못하겠다는 눈빛으로 스테파노를 바라보며 물었다.

"죽음의 맹독성 살무사예요."

클로스가 얼른 대꾸했다.

"죽음의 맹독성 살무사라잖아요!"

서니의 턱을 아직도 이빨로 물고 있는 살무사를 가리키며 포 아저씨가 소리쳤다. 서니는 다시 한 번 두려움에 질린 듯한 비명을 질렀다.

"저런데도 걱정하지 말라고요? 그게 말이 됩니까?"

포 아저씨가 말하자 스테파노가 대꾸했다.

"죽음의 맹독성 살무사는 사람을 해치는 동물이 아닙니다. 제발 진정하세요, 포 씨! 이름이 무시무시하긴 하지만 그건 그냥 잘못된 겁니다. 몽고메리 박사가 장난 삼아 지은 이름일 뿐이에요."

"확실합니까?"

포 아저씨가 물었다. 목소리가 조금 낮아지고 움직임도 느려졌다. 이제야 진정이 되는 모양이었다.

"당연하죠."

스테파노가 자신만만한 표정으로 대답했다. 클로스는 그 자신만만한 표정을 똑똑히 기억하고 있었다. 올라프 백작의 집에 살 때부터 익히 본 표정이었다. 그것은 완벽한 교만의 표정이었다. 올라프 백작은 마치 자기가 세상 어느 누구보다도 뛰어나다는 듯이 으스대곤 했다. 아이들이 백작의 집에 있을 때 백작은 늘 교묘한 잔꾀와 속임수를 보란 듯이 자랑했고, 그 고약한 극단 패거리들과 함께 있을 때나 탑 위에서 비열한 계획을 세울 때도 언제나 잘난 척하기를 잊지 않았다. 스테파노는 씩 웃음을 짓더니, 자기가 잘났다는 걸 떠벌리고 싶어 못 견디겠는지 이렇게 말을 이었다.

"죽음의 맹독성 살무사는 인간에게 전혀 해롭지 않습니다. 오히려 우호적이기까지 하죠. 전 죽음의 맹독성 살무사를 비롯해서 그 밖의 여러 뱀들에 관한 자료를 꼼꼼히 읽었어요. 몽고메리 박사의 개인 연구 자료는 말할 것도 없고 파충류의 방의 서재에 있는 책들까지요."

루카퐁 박사가 흠흠 헛기침을 했다.

"음, 저, 저…… 그건…… 두, 두목니, 님."

"내 말을 막지 말아요, 루카퐁 박사! 나는 중요한 종에 대해서는 전부 공부했습니다. 뱀 스케치와 연구 일지도 빠짐없이 살펴봤구요. 몽고메리 박사의 연구 노트도 침실로 가져와 매일 밤 잠들기 전에 읽었습니다. 감히 말하건대 뱀에 대해서만큼은 전문가임을 자부합니다."

"아하!"

서니가 죽음의 맹독성 살무사의 몸뚱이에서 떨어져 나오며 소리질렀다.

"서니! 무사하구나!"

포 아저씨가 소리쳤다.

"아하!"

스테파노를 가리키며 서니가 또 한 번 소리를 질렀다. 죽음의 맹독성 살무사는 녹색 눈을 의기양양하게 깜박였다. 포 아저씨는 의아하다는 듯이 클로스를 바라보았다.

"'아하'가 도대체 무슨 뜻이지?"

클로스는 푹 한숨을 쉬었다. 가끔은 포 아저씨에게 뭔가를 설명하느라 삶의 절반을 허비하는 것 같은 느낌이 들 때가 있었다.

"서니의 '아하'는요, '아니 잠깐!' 이런 뜻이에요. 스테파노 아저씨가 좀 전에는 뱀에 대해서 아무것도 모른다더니 이제는 전문가라고 하잖아요. 서니가 '아하'라고 한 건 또 '스테파노 아저씨는 거짓말쟁이'란 뜻이기도 해요. '드디어 스테파노 아저씨가 거짓말을 하고 있다는 걸 포 아저씨한테 보여 줬어.' 이런 뜻도 있구요. 하지만 뭐니 뭐니 해도 '아하'는 그냥 '아하'일 뿐이죠!"

11. 만능 열쇠

'한편' 바이올렛은 이층 자기 침실에서 방 안을 꼼꼼히 조사하고 있었다. 바이올렛은 숨을 깊이 들이마시더니 머리칼이 눈을 가리지 않도록 리본으로 질끈 묶었다. 여러분이나 나나 잘 알고 있듯이 바이올렛이 머리를 묶는 것은 발명에 정신을 집중하기 위해서이다. 지금이야말로 한시라도 빨리 뭔가 쓸모 있는 걸 고안해 내야 할 때였다.

좀 전에 클로스가 더 이상은 스테파노의 무거운 옷 가방을 들지 않아도 될 거라는 얘기를 꺼냈을 때였다. 순간 바이올렛의 머릿속을 스치는 생각이 있었다. 혹시 우리가 찾던 증거가 스테파노의 가방에 들어 있지는 않을까? 동생들이 파충류의 방에서 어른들의 관심을 다른 데로 돌리고 있을 지금 이 순간이 바이올렛에게 주어진 마지막 기회였다. 어떻게든 가방을 열어서 스테파노의 사악한 계획을 폭로할 증거를 모아야 했다. 그 일이 그렇게 쉽지는 않으리라는 것을 알리려는 듯 어깨가 콕콕 쑤셔 왔다. 그랬다. 스테파노의 가방은 잠겨 있었다. 음모로 번득이는 스테파노의 눈만큼이나 냉기가 흘러 넘치는 은색 자물쇠로. 내가 친구인 벨라의 요트 갑판 위에서 이 글을 쓰는 대신 자물쇠로 채운 가방을 불과 몇 분 안에 열어야 하는 처지라면, 솔직히 말해 나는 모든 희망을 버렸을 것이다. 침실 바닥에 무너지듯 내려앉아, 세상은 왜 이렇게 불공평하고 나에겐 늘 어려운 일만 생기느냐고 카펫을 내리치며 원통해할지도 모르겠다.

그렇지만 다행스럽게도 바이올렛은 나보다 훨씬 강했다. 바이올렛은 우선 도움이 될 만한 것을 찾으려고 방 안을 빙 둘러보았다. 좀처럼 눈에 띄는 것이 없었다. 바이올렛은 언제나 발명을 하기에 적당한 방을 꿈꾸어 왔다. 최상의 발명품을 만들려면 철사며 톱니바퀴, 그리고 갖가지 장비들이 갖추어져 있어야 한다. 몽티 삼촌은 분명 상당히 많은 장비를 갖추고 있었겠지만 바이올렛이 거기에 생각이 미쳤을 때는 안타깝게도 시간이 너무 흐른 뒤였다. 필요한 장비들은 모두 파충류의 방에 있을 텐데. 바이올렛의 눈길이 벽에 붙여 놓은 두툼한 흰 종이에 가서 멎었다. 몽티 삼촌의 집에 머무는 동안 머릿속에 떠오르는 기발한 아이디어들을 적어 두려고 붙여 놓은 종이였다. 바이올렛은 이 방에서 맞은 첫 번째 밤을 떠올렸다. 그 날 램프 불빛 아래에서 갑자기 머리를 스치는 아이디어를 몇 글자 휘갈겨 쓴 일이 있었다. 바이올렛은 램프를 바라보았다. 그리고 전기 소켓에 눈길이 닿았을 때 갑자기 기막힌 생각이 떠올랐다.

군이 말할 필요도 없겠지만 여러분이나 나나 절대로, 절대로, 절대로, 절대로, 절대로, 절대로, 절대로, 절대로, 절대로, 절대로, 절대로, 절대로, 절대로. 바이올렛은 이 방에서 맞은 첫 번째 밤을 떠올렸다. 그 날 램프 불빛 아래에서 갑자기 머리를 스치는 , 절대로, 전대로, 절대

로, 절대로, 절대로, 절대로, 절대로, 절대로, 절대로, 절대로, 절
대로, 절대로, 절대로, 절대로, 절대로, 절대로, 절대로, 절대로,
절대로, 절대로, 절대로, 절대로, 절대로, 절대로, 절대로, 절대
로, 절대로, 절대로, 절대로, 절대로, 절대로, 절대로, 절대로, 절
대로, 절대로, 절대로, 절대로, 절대로, 절대로, 절대로, 절대로,
절대로, 절대로, 절대로, 절대로, 절대로, 절대로, 절대로, 절대
로, 절대로, 절대로, 절대로, 절대로, 절대로, 절대로, 절대로, 절
대로, 절대로, 절대로, 절대로, 절대로, 절대로, 절대로, 절대로,
절대로, 절대로, 절대로, 절대로, 절대로, 절대로, 절대로, 절대
로, 절대로, 절대로, 절대로, 절대로, 절대로, 절대로, 절대로, 절
대로, 절대로, 절대로, 절대로, 절대로, 절대로, 절대로, 절대로,
절대로, 절대로, 절대로, 절대로, 절대로, 절대로, 절대로, 절대
로, 절대로, 절대로, 절대로, 절대로, 절대로, 절대로, 절대로, 절
대로, 절대로, 절대로, 절대로, 절대로 전기 제품을 갖고 장난을
쳐서는 안 된다는 걸 잘 알고 있다. 여기에는 두 가지 이유가 있
는데, 첫 번째 이유는 장난을 치다가 자칫 감전이 될지도 모르기
때문이다. 그것은 생명을 위협하는 위험천만한 일이다.

두 번째 이유는 여러분이 바이올렛 보들레어가 아니라서이다.
바이올렛은 위험한 전기 제품을 어떻게 다뤄야 하는지 알고 있
는, 이 세상의 몇 안 되는 사람들 가운데 하나지만 여러분은 아
니니까. 그런 바이올렛조차 조심스럽고 긴장된 마음으로 램프의

플러그를 뽑아서 오랫동안 살펴보았다.

'그래, 이거면 될지도 모르겠어.'

클로스와 서니가 어른들의 주의를 딴 데 붙잡아 두기만을 간절히 바라면서 바이올렛은 플러그 끝에 비죽 솟은 쇠붙이 두 개를 이리저리 비틀었다. 마침내 끄트머리가 플라스틱 케이스에서 느슨하게 떨어져 나왔다. 가느다란 쇳조각 두 개를 얻는 데 성공한 셈이었다. 그런 다음 바이올렛은 벽에 종이를 고정시킨 압정 하나를 뽑아 냈다. 그러자 종이는 졸음에 겨워 고개를 떨구듯 두르르 말려 내려왔다. 바이올렛은 한쪽 쇳조각이 다른 한쪽을 고리처럼 감싸도록 압정의 뾰족한 끝으로 쇳조각 하나를 눌렀다. 드디어 고리가 대충 만들어지자 바이올렛은 두 쇳조각 사이에 압정을 밀어넣어 뾰족한 끝이 밖으로 튀어나오게 만들었다. 길거리에 떨어져 있었다면 그냥 지나쳤을 쇳조각처럼 보이지만 투박하긴 해도 썩 쓸 만한 '만능 열쇠'였다. 여기서 '투박하다'는 말은 '빠듯한 시간에 만들어서 겉보기에 거칠어 보인다'는 뜻이다. 하여간 여러분도 잘 알고 있겠지만 만능 열쇠는 제 짝에 맞는 것처럼 아무 자물쇠나 척척 열 수 있는, 쓰임새가 많은 도구이다. 보통은 못된 사람들이 남의 집을 털거나 감옥에서 도망칠 때 쓰곤 하지만, 아주 가끔은 의로운 일에 쓰일 때도 있다. 바이올렛 보들레어처럼 착한 사람의 손으로 쓰였을 경우에는 말이다.

만능 열쇠 149

바이올렛은 한 손에 만능 열쇠를 쥐고서 열쇠가 눈에 띄지 않게 다른 손을 그 위에 포개고는 소리 죽여 가만가만 층계를 내려왔다. 바이올렛은 파충류의 방의 육중한 문 앞을 살금살금 지나쳤다. 지금 자기가 안에 없다는 걸 다른 사람들이 눈치채기라도 한다면 큰일이었다. 바이올렛은 혹시라도 몽티 삼촌의 시신과 마주치게 될까 루카퐁 박사의 차를 애써 외면하면서 가방들을 쌓아 놓은 곳으로 발걸음을 돌렸다. 먼저 아이들의 낡은 가방이 눈에 들어왔다. 그 안에는 부모님이 돌아가시고 얼마 안 있어서 포 부인이 사 준 괴상하고 입으면 몸이 근질근질한 옷들이 들어 있었다. 한동안 바이올렛은 가방을 바라보며 할 일도 잊고 생각에 빠져들었다. 이 모든 어려움이 덮치기 전에는 아무 걱정 없는 시간을 보냈었다. 그런데 지금은 얼마나 비참한 상황에 처해 있는가. 바이올렛은 새삼 몸서리를 쳤다. 보들레어 가의 아이들에게 닥친 불행에 어느새 익숙해진 우리들에게야 그리 충격적인 일이 아니지만 바이올렛은 사정이 다르다. 불행은 언제나 엄청난 충격으로 다가와 아이들을 몰아붙였다. 하지만 이내 바이올렛은 잡념을 털어 버리려는 듯 고개를 절레절레 저었다. 이젠 중요한 일에 정신을 집중해야 할 시간이었다.

바이올렛은 스테파노의 가방에 다가가 무릎을 꿇고 심호흡을 한 다음, 번쩍이는 은빛 자물쇠의 열쇠 구멍에 만능 열쇠를 밀어 넣었다. 안으로 쏙 들어가기는 했지만 속에서 조금 움직일 뿐 매끄럽게 돌아가지 않았다. 열쇠가 좀더 잘 움직여야 가방이 열릴 텐데. 바이올렛은 만능 열쇠를 뽑아 들고 침을 묻혔다. 비릿한 쇠붙이 냄새가 얼굴에 확 끼쳤다. 바이올렛은 다시 만능 열쇠를 열쇠 구멍에 꽂고 돌려 보았다. 그러나 덜걱거리기만 할 뿐이었다.

바이올렛은 만능 열쇠를 뽑아 들고 생각에 생각을 거듭하며 흐트러진 머리카락을 다시 리본으로 질끈 묶었다. 순간, 등골이 서늘해지는 느낌이 온몸을 스쳤다. 무척이나 기분 나쁘고 익숙한 느낌이었다. 누군가가 지켜보는 듯한 느낌. 바이올렛은 얼른 뒤를 돌아보았다. 하지만 눈에 들어온 것은 잔디밭의 뱀 모양 울타리뿐이었다. 이번에는 다른 쪽을 바라보았다. 이투성이 길로 이어지는 진입로가 눈에 띄었다. 마침내 바이올렛은 앞쪽으로 고개를 돌렸다. 앞쪽으로는 유리벽을 통해 파충류의 방이 들여다보였다.

왜 그때까지 파충류의 방이 유리벽 너머로 바깥이 훤히 내다보인다는 생각을 못 했을까. 그렇지만 바이올렛의 눈에 띈 것은 동물들이 갇힌 우리 너머로 이리저리 날뛰는 포 아저씨뿐이었다. 여러분이나 나는 포 아저씨가 서니와 죽음의 맹독성 살무사가 벌인 소동으로 공포에 질려 있다는 것을 알고 있지만, 바이올렛이 알 수 있는 것은 어떻게 했는지는 몰라도 동생들이 어른들의 주의를 딴 데로 돌리는 데 성공했다는 것이 다였다. 그렇다면 조금 전의 그 섬뜩한 느낌은 도대체 무엇이었을까? 바이올렛은 다시 한 번 파충류의 방을 찬찬히 살폈다. 그리고 포 아저씨 맞은편에 선 스테파노를 보았다. 스테파노는 놀랍게도 바이올렛을 똑바로 바라보고 있었다!

두려움과 공포로 바이올렛의 입이 헤벌어졌다. 스테파노가 당장이라도 그럴 듯한 핑계를 둘러대고 파충류의 방을 빠져 나와 이리로 올지 모를 일이었다. 아직 가방을 열지도 못했는데…… 빨리, 빨리, 빨리! 무슨 수를 써서든 이 만능 열쇠가 말을 듣게 만들어야 했다. 바이올렛은 진입로에 깔린 축축한 자갈을 내려다보았다. 그런 다음 오후의 뿌연 햇빛을 올려다보았다. 플러그를 떼어 내느라 더러워진 손에도 눈길이 닿았다. 그러다 바로 그때 멋진 생각이 떠올랐다.

바이올렛은 벌떡 일어나 출발 신호를 받은 백 미터 선수처럼 집을 향해 돌진했다. 벌써 스테파노에게 쫓기기라도 하듯이 바이올렛은 부엌 문을 홱 열어 젖히고 허겁지겁 달려 들어갔다. 앞에서 거치적거리는 의자를 바닥에 밀어 젖히고서 바이올렛은 잽싸게 싱크대에서 비누를 움켜쥐었다. 바이올렛은 그 미끈거리는 물건을 만능 열쇠에 조심스럽게 문질러 댔다. 드디어 만능 열쇠에 얇고 반질반질한 비누 막이 씌워졌다. 쿵쿵, 가슴이 마구 두방망이질쳤다. 파충류의 방 유리벽으로 그 안을 휙 둘러보면서 바이올렛은 스테파노의 가방이 있는 곳으로 달려 나갔다. 파충류의 방에서는 스테파노가 포 아저씨를 붙잡고 뭔가를 이야기하는 중이었다. 자기가 뱀에 대해 얼마나 아는 것이 많은지 잘난 척하며 한창 떠벌리고 있었지만 바이올렛은 그런 사정을 알 리 없었다. 어쨌든 이 기회를 놓칠 수는 없는 일이었다. 바이올렛은 무릎을 꿇고서 열쇠 구멍에 만능 열쇠를 밀어넣고 살며시 돌려 보았다. 빙그르르 한 바퀴 돌아가는가 싶더니, 만능 열쇠는 바이올렛의 손 안에서 두 조각으로 나뉘고 말았다. 툭, 한 조각이 잔디밭으로 힘없이 떨어졌다. 나머지 한 조각은 열쇠 구멍에 박힌 채로 덧니처럼 비죽 고개를 내밀고 있었다. 만능 열쇠는 그렇게 망가져 버렸다.

바이올렛은 절망스런 심정으로 눈을 감아 버렸다. 온몸의 힘이 빠져나간 듯했다. 바이올렛은 바닥에 무너지듯 주저앉다가 가방을 붙잡고 간신히 균형을 잡았다. 바로 그때였다. 바이올렛이 손을 올리자 철컥 소리가 나더니 가방이 쫙 벌어지면서 안에 든 물건들이 우르르 바닥으로 쏟아져 나왔다. 바이올렛은 놀라서 뒷걸음질쳤다. 만능 열쇠가 제대로 돌아가 자물쇠를 푼 것이다. 살면서 가장 불행한 순간이라 할지라도 어쩌다 한두 번의 행운은 굴러들 때가 있는 모양이었다.

전문가들의 말을 빌리자면, 건초더미에서 바늘 찾기란 엄청나게 어려운 일이다. '건초더미의 바늘'은 '아주 찾기 힘든 것'을 가리키는 케케묵은 표현이다. 그런데 건초더미에서 바늘을 찾기 힘든 이유를 혹시 알고 있는지? 그건 바늘이 건초더미에 묻혀 있을지 모를 수많은 것들 가운데 하나이기 때문이다. 하지만 여러분이 만약 건초더미에서 아무거나 찾을 생각이라면 그때는 전혀 어려울 이유가 없다. 건초더미를 뒤적이다 보면 온갖 것이 다 나오게 되어 있다. 건초는 당연하고, 먼지도 나온다. 벌레와 때로는 농기구들, 심지어는 감옥에서 탈옥해 숨어 있던 죄수를 보게 될지도 모른다. 바이올렛이 스테파노의 가방을 뒤질 때가 건초더미 속에서 아무 거나 찾는 상황이었다. 도대체 뭘 찾고 싶은지 자기도 정확히 알지 못했으니까. 뭘 찾아야 할지 모르니 되는 대로 증거가 될 만한 물건을 추려 내려 했다. 이를테면 과학 실험실에서나 볼 수 있는, 고무 마개로 봉한 유리 약병과 의사들이 주사를 놓을 때 쓰는 날카로운 바늘이 달린 주사기가 있었다. 접은 종이 한 다발과 얇은 플라스틱으로 만든 카드, 분첩과 조그만 손거울도 눈에 띄었다.

시간이 얼마 남지 않았다는 것을 누구보다 잘 알면서도 바이올렛은 퀴퀴한 냄새가 코를 찌르는 더러운 옷가지들과 포도주 병들 사이에서 필요하다 싶은 물건들을 차근차근 골라 냈다. 바이올렛은 새로운 발명 기계 속에 들어갈 부품이라도 되는 것처럼 약병과 주사기, 접은 종이들과 플라스틱 카드, 그리고 분첩과 손거울을 찬찬히 들여다보았다. 스테파노의 사악한 계략을 물리치고, 그 끔찍한 화재에서 부모님이 돌아가신 후 처음으로 보들

레어 가 아이들의 삶에 정의와 평화가 깃들이게 하려면 이 증거
들을 제대로 배열해야 했다. 그건 전적으로 바이올렛 보들레어
의 손에 달린 일이었다. 마침내 궁리를 거듭하던 바이올렛의 얼
굴이 활짝 펴졌다. 조그만 부품들이 제자리를 찾아 기계가 제대
로 돌아가기 시작할 때면 언제나 그랬듯이.

12. 기막힌 추리

 '한편' 클로스가 포 아저씨에게 서니의 '아하'에 담긴 뜻을 설명하던 그 순간으로 돌아가 보자. 클로스가 말을 마치자 모두들 스테파노를 뚫어져라 쳐다보았다. 서니의 얼굴에는 의기양양한 기색이 가득했다. 클로스는 도전적인 눈빛을 보내고 있었고, 포 아저씨는 화가 머리끝까지 치민 얼굴이었다. 루카퐁 박사는 어딘지 근심스러운 표정이었으며, 죽음의 맹독성 살무사는, 글

쎄, 뱀의 표정을 읽기란 그렇게 쉬운 일이 아니다. 하여간 스테파노는 이들 모두를 말없이 바라보았다. 스테파노의 얼굴은 결단의 순간을 눈앞에 두고 깨끗이 손을 털 것인가—이 말은 자기가 올라프 백작이라는 것을 자백한다는 뜻이다—아니면 계속해서 밀고 나갈 것인가 고민하는 빛이 역력했다. 여기서 밀고 나간다는 말은 거짓말을 하고, 또 거짓말을 하고, 또다시 거짓말을 한다는 뜻이다.

"스테파노 씨."

포 아저씨는 입을 열자마자 손수건으로 입을 가린 채 재채기를 터뜨렸다. 클로스와 서니는 포 아저씨가 다시 이야기를 할 때까지 참을성 있게 기다렸다.

"스테파노 씨, 당신이 뱀 전문가라구요? 아까는 뱀에 대해서 아는 것이 없다고 했잖아요. 그러니 몽고메리 박사의 죽음과는 무관하다고요. 도대체 어떻게 된 겁니까?"

"제가 뱀에 대한 지식이 없다고 한 건 제가 겸손하기 때문이지. 그런데 잠깐 실례해도 될까요? 급히 밖에 좀 나갔다 와야 할 일이 생겨서요. 아주 잠깐이면……"

스테파노의 말이 끝나기도 전에 클로스가 소리질렀다.

"당신은 겸손하게 군 게 아니에요! 거짓말을 한 거예요! 지금도 거짓말을 하고 있잖아요! 당신은 거짓말쟁이일 뿐 아니라 살인범이에요!"

스테파노의 눈이 커다래지더니 표정이 험악해졌다.

"증거를 대 봐! 증거를!"

"여기요."

문간에서 한 목소리가 들려왔다. 모두 뒤를 돌아보았다. 거기에는 바이올렛이 서 있었다. 입가에는 자신감 넘치는 미소를 띠고 품에는 스테파노에게 불리한 증거들을 가득 안고서! 바이올렛은 파충류의 방 가장 안쪽에 있는 서재로 힘차게 걸어 들어갔다. 조금 전에 클로스가 악마의 코브라에 관한 책을 읽었던 그곳에는 책들이 가득 쌓여 있었다. 모두 파충류들 사이로 난 통로를 따라 말없이 그 뒤를 따랐다. 바이올렛은 테이블 위에 증거들을 나란히 늘어놓았다. 고무 마개로 봉한 유리 약병, 날카로운 바늘이 달린 주사기, 접은 종이 한 다발, 얇은 플라스틱 카드, 거기에 분첩과 조그만 손거울까지.

"이게 다 뭐지?"

포 아저씨가 책상 위의 물건들을 가리키며 물었다.

"증거예요. 스테파노의 가방에서 찾았죠."

바이올렛이 대답했다.

"내 가방이라고? 그건 사생활 침해야. 허락도 받지 않고 남의 물건에 함부로 손을 대다니, 참 버릇이 없구나. 게다가 내 가방은 자물쇠로 잠겨 있었을 텐데."

스테파노의 말에 바이올렛은 차분하게 대꾸했다.

"긴급한 상황일 때는 어쩔 수 없잖아요. 제가 자물쇠를 땄어요."

"어떻게 그런 짓을 할 수가 있니? 훌륭한 아가씨는 그런 짓을 할 줄 알면 안 돼."

포 아저씨가 믿어지지 않는 듯 말했다.

"누나도 훌륭한 아가씨예요! 그리고 누나는 무슨 일이든 하는 법을 다 알아요!"

클로스가 말했다.

"움, 움!"

서니도 같은 생각이었다.

"그건 나중에 얘기하고 우선 하던 얘기를 마저 하렴."

포 아저씨가 바이올렛을 재촉했다.

"몽티 삼촌이 돌아가셨을 때 저흰 몹시 슬펐어요. 하지만 아주 미심쩍은 생각이 들었죠."

바이올렛이 여기까지 말했을 때 클로스가 끼여들었다.

"정확히 말하자면 미심쩍은 게 아니었어요! 미심쩍다는 말은 확신을 못 한다는 뜻이지만 저희는 확신을 갖고 있었으니까요. 저흰 확실히 알고 있었어요, 몽티 삼촌을 죽인 범인이 바로 스테파노라는 걸요!"

"말도 안 되는 소리! 내가 설명드렸듯이 몽고메리 몽고메리 박사의 죽음은 사고였어요. 악마의 코브라가 우리를 빠져 나와서 박사를 물었습니다. 그게 사건의 전말이에요."

루카퐁 박사가 소리쳤다.

"죄송하지만 그게 전부가 아니에요. 클로스는 악마의 코브라에 대한 책에서 좋은 정보를 찾아 냈어요. 그 뱀이 사람을 어떻게 죽이는지에 대한 내용이었죠."

바이올렛이 말했다.

클로스는 책이 쌓인 곳으로 다가가 맨 위에 놓인 책을 집어들었다. 그러고는 큰 소리로 읽어 내려가기 시작했다. 종이 쪽지로 미리 표시를 해 두었기 때문에 필요한 부분을 금세 찾아 펼칠 수 있었다.

"'악마의 코브라'는 이 반구에서 인간에게 가장 치명적인 독사 중 하나이다. 이 독사는 먹이를 물어 독을 방사하면서 압박을 가하여 교살하는 것으로 악명이 높다. 이 뱀의 희생자는 피부가 암청색을 띠는 것으로 알려져 있다."

클로스는 책을 내려놓고 포 아저씨에게로 돌아섰다.

"'교살'이란 그러니까……."

"교살이 뭔지는 우리도 알아!"

스테파노가 고함을 질렀다.

"그렇다면 이것도 알아야 할걸요. 악마의 코브라는 몽티 삼촌을 해치지 않았어요. 몽티 삼촌의 몸에는 암청색 멍이 남아 있지 않았으니까요. 멍이 들기는커녕 창백했다구요."

클로스가 목청을 높였다.

"맞는 말이다. 하지만 그것만으로는 몽고메리 박사가 살해당했다는 증거가 될 수 없어."

포 아저씨가 말했다. 루카퐁 박사도 거들고 나섰다.

"그래, 어쩌면 그 뱀이 이번만큼은 좀 색다르게 하고 싶었던 건지도 모르잖니? 멍이 들지 않게 말이다."

"그럼 제가 다른 걸 보여 드리죠. 몽티 삼촌의 목숨을 빼앗은 건 이것들이에요!"

바이올렛은 먼저 고무 마개가 달린 유리 약병을 집어들었다.

"이 병에는 '악마의 코브라 독'이라는 라벨이 붙어 있어요. 틀림없이 이건 독사의 독 표본을 모아 놓은 몽티 삼촌의 캐비닛에서 꺼낸 거예요."

그러고 나서 바이올렛은 날카로운 바늘이 달린 주사기를 들어 올렸다.

"스테파노, 아니, 올라프 백작은 이 주사기에다 독을 넣어서 삼촌에게 주사를 놓았어요. 그런 다음 눈 아래 두 군데를 살짝 찔렀죠. 그래야 독사가 아저씨를 문 것처럼 보일 테니까요."

"하지만 전 몽고메리 박사를 몹시 좋아했어요. 게다가 그 사람이 죽는다고 제가 무슨 이득을 보겠습니까?"

스테파노가 말했다. 자신 있게 말하지만, 누가 터무니없는 소리를 지껄일 때 가장 현명한 대처 방법은 그냥 무시해 버리는 것이다.

"열여덟 살이 되면 저는 보들레어 가의 유산을 상속받을 수 있어요. 이 사람은 그 돈을 빼앗고 싶어하죠. 더군다나 페루처럼 추적하기 힘든 곳에서는 무슨 일을 벌이든 쉽게 알 수 없을 테니까요."

말을 끊고 바이올렛은 접은 종이 한 다발을 들어올렸다.

"이건 프로스페로 호의 탑승권이에요. 오늘 다섯 시에 안개 항구에서 페루로 떠나게 되어 있죠. 아까 교통 사고가 일어났을 때 이 사람이 저희를 데리고 어딜 가려 했는지 이제 아시겠죠, 포 아저씨?"

"하지만 몽티 삼촌이 스테파노의 표를 찢어 버렸잖아. 나도 봤는걸."

클로스가 어리둥절한 표정으로 누나를 바라보며 말했다.

"그랬지. 그랬기 때문에 몽티 삼촌을 없애려 했던 거야. 몽티 삼촌을……."

바이올렛은 한동안 말을 잇지 못하고 온몸을 바들바들 떨었다.

"이 사람이 몽티 삼촌을 죽였어요. 그리고 이 플라스틱 카드를 빼앗았죠. 이건 삼촌의 이름으로 된 파충류 학회의 회원 카드예요. 스테파노는 몽티 삼촌인 척 꾸미고 프로스페로 호를 타려 했던 거예요. 저희를 페루로 끌고 가려구요."

"그런데 이해가 안 되는 게 있구나. 이 사람이 어떻게 너희의 유산에 대해 알고 있었지?"

포 아저씨가 물었다.

"왜냐하면 이 사람은 올라프 백작이니까요."

바이올렛이 성난 목소리로 외쳤다. 올라프 백작이 몽티 삼촌의 집에 발을 들여놓은 바로 그 순간부터 세 아이들도, 나도, 여러분도 익히 알고 있었던 일을 이제야 후련하게 설명할 수 있다니.

"머리를 깎고 눈썹을 밀었지만 절대 없앨 수 없는 게 단 한 가지 있어요. 바로 왼쪽 발목에 있는 눈 모양의 문신이죠. 하지만 여기 이 분첩과 손거울을 이용하면 문신을 감출 수 있죠. 발목에 온통 분칠을 한 거예요. 천으로 문질러 보면 눈 모양의 문신이 나타날 거예요."

"그런 터무니없는 소릴……."

스테파노가 고함을 질렀다.

"어쨌든 당신 발목을 한번 봐야겠군요. 누구 천 조각 가진 사람?"

포 아저씨가 물었다.

"전 없어요."

클로스가 말했다.

"저도요."

이번에는 바이올렛의 목소리였다.

"압쯔쯔······."

서니였다.

"아무도 천 쪼가리를 가지고 있지 않단 말이지요? 그럼 이쯤 해서 지금까지의 일은 다 없던 걸로 합시다!"

루카퐁 박사가 말했다. 그렇지만 포 아저씨가 별안간 손가락을 쳐들더니 기다리라는 듯 손짓을 보냈다. 보들레어 가 아이들에게는 천만다행으로, 포 아저씨는 호주머니에서 손수건을 꺼내 들었다.

"이제 왼쪽 발목을 내밀어 보시죠."

포 아저씨가 엄숙한 목소리로 스테파노에게 말했다.

"그렇지만 당신은 하루 종일 손수건으로 입을 막고 재채기를 해 대잖소. 세균이 옮는 건 싫소이다!"

스테파노가 말했지만 포 아저씨는 들은 체도 하지 않았다.

"당신이 정말 아이들이 말하는 그 사람이라면 세균이 옮는 것보다 더 걱정해야 할 일들이 있을 텐데. 자, 어서, 왼쪽 발목을 내놓아요!"

스테파노—이 이름으로 이 사람을 부르는 것도 이번이 마지막이다. 하느님, 감사합니다!—는 낮은 소리로 으르렁거리더니 왼쪽 바짓단을 걷어올려 발목을 드러냈다. 포 아저씨는 무릎을 꿇고 발목을 손수건으로 문질렀다. 처음에는 아무것도 달라지는 것이 없는 듯했다. 하지만 무서운 폭풍이 지나간 뒤 구름을 뚫고 반가운 햇살이 내비치듯 희미한 윤곽이 나타나기 시작했다. 문신은 점점 또렷해지더니, 마침내 올라프 백작의 집에서 아이들이 처음 보았을 때와 똑같은 '눈' 모양이 되었다.

바이올렛과 클로스, 그리고 서니는 뚫어져라 그 '눈'을 내려다보았다. '눈'도 아이들을 빤히 올려다보았다. 보들레어 가의 아이들이 그 눈을 보고 그렇게 행복한 기분을 느끼기는 그때가 처음이었다.

13. 부서진 가짜 손

이 책이 아주 어린 꼬마 독자들을 대상으로 씌어진 책이라면 그 다음에는 여러분도 충분히 짐작할 수 있을 이야기가 이어질 것이다. 악당의 정체가 밝혀지고 사악한 계획이 탄로났으니 다음 장면에서는 경찰이 도착한다. 악당은 평생 감옥에 갇히고, 보들레어 가의 용감한 아이들은 이제 피자를 먹으러 가기로 하면서 오래도록 행복하게 잘 살았다고 말이다.

하지만 이 책은 보들레어 가의 세 고아 남매에 대한 얘기다. 이 책에서 아이들이 오래도록 행복하게 잘 살았다는 식의 얘기는 몽티 삼촌이 살아서 돌아오는 것과 별다를 것 없는, 터무니없는 얘기다. 그렇기는 해도 또렷해지는 문신을 보면서 아이들은 자기들이 결국 올라프 백작의 흉계를 밝혀 냈다는 생각에 무척 기뻤다.

"바로 그 '눈'이군! 당신은 의심할 여지 없이 올라프 백작이오. 당신은 의심할 여지 없이 체포될 거요."

마침내 포 아저씨가 올라프의 발목을 문지르던 손을 멈추었다.

"저도 의심할 여지 없이 놀랐습니다."

루카퐁 박사가 그 뻣뻣한 손으로 머리를 두드리며 말했다.

"저도 그렇습니다."

그러면서 포 아저씨는 올라프 백작이 도망치지 못하도록 팔을 움켜쥐며 말을 이었다.

"바이올렛, 클로스, 서니야! 너희 말을 좀더 빨리 들었더라면 좋았을걸 그랬구나. 정말 미안하다. 나를 용서해 다오. 올라프 백작이 너희를 찾아 내어 몽고메리 박사의 연구 보조원으로 변장을 하고 돈을 빼앗을 음모를 꾸민다는 얘기가 도무지 믿어지지 않아서 말이다."

"저는 원래 몽티 삼촌의 연구 보조원이었던 구스타프 아저씨한테 무슨 일이 일어났는지가 궁금해요. 그 아저씨가 일을 그만두지 않았다면 몽티 삼촌은 올라프 백작을 고용하지도 않았을 거예요.”

클로스가 목소리를 높였다. 올라프 백작은 발목의 문신이 들통난 후 아무 말도 않고 있었다. 올라프 백작의 번득이는 눈은 사자가 영양 무리를 쏘아보면서 어느 녀석을 잡아먹을까 가늠해 보기라도 하는 것처럼 한시도 쉬지 않고 이 사람 저 사람 주의 깊게 쏘아보았다. 그렇지만 구스타프의 이름이 화제에 오르자 기어이 올라프 백작이 입을 열고 특유의 씨근대는 목소리로 말했다.

“구스타프는 일을 그만둔 게 아냐. 죽어 버렸지! 어느 날 들꽃을 따러 나왔을 때 내가 ‘어스름 늪’에 빠뜨려 버렸어. 그런 다음 쪽지를 써서 그만둔 것처럼 꾸몄지.”

올라프 백작은 당장이라도 덤벼들어 목을 조를 듯한 기세로 아이들을 노려보았다. 하지만 백작은 옴쭉도 하지 않고 버티고 서 있었다. 그 모습에 아이들은 더욱 더 겁에 질렸다.

“구스타프가 당한 일은 너희 고아 녀석들한테 일어날 일에 비하면 아무것도 아니다. 이번 게임에서는 너희가 이겼지만 난 기어코 돌아와 너희의 재산을 빼앗고야 말겠어!”

“이건 게임이 아니오, 흉측한 악당 같으니! 도미노 놀이는 게임이오. 수구도 게임이고. 하지만 살인은 범죄요. 당신은 감옥에 가게 될 거요. 지금 당장 당신을 태우고 시내의 경찰서로 가야겠소. 아, 이런…… 젠장, 내 차가 부서져 버렸잖아. 참, 몽고메리 박사의 지프에 태우면 되겠군. 너희는 루카퐁 박사의 차를 타고 따라오너라. 의사 선생의 차 안이 어떤지 드디어 구경할 수 있겠구나.”

포 아저씨의 말에 루카퐁 박사가 나섰다.

“내 생각은 다릅니다. 저 자를 내 차에 태울 테니 포 씨는 아이들과 함께 지프를 타고 따라오도록 하시죠. 내 차에는 몽고메리 박사의 시체가 있잖습니까? 아이들 셋이 앉기에는 자리가 좁아요.”

“음, 아이들이 의사 선생의 차를 그토록 타고 싶어했는데 다시 실망시키게 되다니 마음이 좋지 않군요. 몽고메리 박사의 시신을 지프로 옮기고 그 다음에는…….”

또다시 논쟁이 시작될 것 같았다. 바이올렛이 조바심을 내며 끼여들었다.

“저희는 의사 선생님의 차 안을 구경하지 않아도 상관없어요. 아까는 올라프 백작하고 저희끼리만 같은 차에 타게 될까 봐 그렇게 말씀드릴 수밖에 없었던 거예요.”

“고아 녀석들, 거짓말을 밥 먹듯이 하는군.”

올라프 백작이 말했다.

“당신이 아이들에게 도덕 교육을 시킬 주제는 아닌 것 같은데, 올라프 백작! 그럼, 좋습니다, 루카퐁 박사! 박사가 올라프 백작을 태우십시오.”

포 아저씨가 단호하게 말했다.

루카퐁 박사가 그 이상스럽게 뻣뻣한 손으로 올라프 백작의 어깨를 붙잡더니 파충류의 방을 나가 현관문 쪽으로 가려 했다. 루카퐁 박사는 방을 나서기 전에 문간에서 멈춰 서서 포 아저씨와 아이들에게 희미한 미소를 지어 보였다.

"고아들한테 작별 인사를 해야죠, 올라프 백작!"

"잘 있거라!"

올라프 백작이 말했다.

"안녕히 가세요!"

바이올렛이 말했다.

"안녕히 가세요!"

이번에는 클로스였다.

포 아저씨는 손수건에 대고 밭은기침을 터뜨리더니 손을 흔들어 보이는 시늉을 했다. 잘 가라는 인사였지만 넌더리가 난다는 기색이 역력했다. 서니는 입을 꾹 다물고 꼼짝도 하지 않았다. 바이올렛과 클로스는 서니가 '앙눙!'이나 '깡까!' 같은, 헤어질 때 나누는 인사를 할 줄 알았다. 하지만 서니는 짐짓 결연한 표정으로 루카퐁 박사를 째려볼 뿐이었다. 별안간 서니가 힘차게 발을 구르더니 루카퐁 박사의 손을 와락 물어뜯었다!

"서니!"

바이올렛이 놀라서 소리를 질렀다. 바이올렛이 허둥지둥 사과를 하려 할 때였다. 루카퐁 박사의 팔에서 손이 쑥 빠지더니 힘 없이 바닥으로 굴러 떨어졌다. 서니가 날카로운 앞니 네 개로 바닥에 떨어진 손을 깨물었다. 와자작, 요란하게 부서지는 소리가 났다. 살이나 뼈가 아니라 나무나 플라스틱이 갈라지는 소리였다. 바이올렛은 재빨리 루카퐁 박사의 손이 떨어져 나간 자리를 보았다. 피 한 방울, 상처 하나 없는 자리에 번쩍이며 차가운 빛을 내뿜고 있는 것은 쇠갈고리였다. 루카퐁 박사는 갈고리를 내려다보더니 바이올렛에게로 시선을 돌리고는 소름 끼치는 미소를 지었다. 올라프 백작의 입에서도 흉물스런 웃음이 떠올랐다. 눈 깜짝할 사이에 두 사람은 문 밖으로 뛰쳐나갔다.

"갈고리 손이에요! 저 사람은 의사가 아니에요! 올라프 백작의 졸개라구요!"

바이올렛이 소리쳤다. 바이올렛은 본능적으로 두 악당을 잡으려 팔을 내뻗었지만 허공만 움켜쥐고 말았다. 이미 두 사람은 밖으로 달려나간 뒤였다. 바이올렛은 문을 활짝 열어 젖혔다. 두 사람은 뱀 모양의 울타리를 줄달음질치고 있었다.

"얼른 뒤쫓자!"

클로스가 고함을 질렀다. 보들레어 가의 세 아이들이 달려나가려 할 때였다. 갑자기 포 아저씨가 아이들을 막아섰다.

"안 된다!"

포 아저씨가 굳은 표정으로 말했다.

"하지만 저 사람은 갈고리 손이라구요! 갈고리 손하고 올라프 백작이 도망치고 있잖아요!"

바이올렛이 소리쳤다.

"너희가 위험한 범죄자들을 쫓게 내버려 둘 수는 없어. 난 너희의 안전을 살필 의무가 있다. 뭐든 해로운 일은 시킬 수 없어."

"그러면 아저씨가 잡으세요! 빨리요!"

클로스가 소리질렀다. 포 아저씨는 문을 나서려다가 자동차 시동을 거는 소리가 들리자 이내 멈추어 섰다. 두 악당은 루카퐁 박사의 차를 타고 금방이라도 달아날 참이었다.

"빨리 지프를 타세요! 저 사람들을 따라가야 해요!"

바이올렛이 포 아저씨를 재촉했다.

"다 큰 어른은 자동차 추적 따위에 말려들지 않는 법이다. 그건 경찰이 할 일이야. 그만 들어가서 경찰서에 전화를 걸도록 하자. 도로가 봉쇄되면 달아나지 못할 거야."

포 아저씨가 엄한 목소리로 말했다.

보들레어 가의 아이들은 문을 닫고 전화를 걸러 뛰어 들어가는 포 아저씨의 뒷모습을 바라보았다. 가슴이 무너져 내렸다. 올라프 백작을 잡기는 이제 다 틀린 일이었다. 포 아저씨가 경찰서에 전화를 걸어 구구절절 상황을 설명할 무렵이면 두 악당은 벌써 멀리 도망가 버린 뒤일 테니까. 아이들은 맥이 풀린 축 처진 몸을 이끌고 계단 맨 아랫단에 주저앉았다. 전화기에 대고 이야기하는 포 아저씨의 목소리가 어렴풋이 들려왔다. 올라프 백작과 갈고리 손을 잡는 건, 더군다나 어두워진 후엔 더욱 더, 건초더미에서 바늘 찾기가 되리라는 것을 아이들은 잘 알고 있었다.

올라프 백작이 도망갔다는 사실에 걱정과 실망이 마음을 짓누르기는 했지만 아이들은 어느새 곯아떨어져 몇 시간이나 내처 잤던 모양이었다. 잠에서 깨어난 아이들은 벌써 어둠이 짙게 깔려 있고, 아직도 자기들이 계단 맨 아랫단에 있다는 것을 알게 되었다. 누가 그랬는지 담요가 덮여 있었다. 아이들은 기지개를 켜며 일어나 작업복 차림의 남자 셋이 파충류의 방에서 우리 안에 든 파충류들을 들고 나오는 광경을 보았다. 아이들이 깨어난 것을 보고 일꾼들 뒤에 서 있던 한 남자가 다가왔다. 밝은 색 격자 무늬 양복을 입은 통통한 남자는 우렁찬 목소리로 아이들에게 인사를 건넸다.

"안녕, 꼬마들아! 내가 잠을 깨웠다면 미안하구나. 그렇지만 빨리 이 일을 끝내야 하거든."

"아저씨는 누구세요?"

바이올렛이 물었다. 낮에 잠이 들었다가 밤에 일어난다는 건 정말 헷갈리는 일이었다.

"몽티 삼촌의 파충류들을 어떻게 하시려구요?"

클로스가 질문을 던졌다. 침대나 요 위에서가 아니라 층계 위에서 잠을 깬다는 것도 헷갈리기는 마찬가지다.

"딩딩?"

서니도 한 마디 거들었다. 격자 무늬 양복을 입은 사람만 보면 언제나 헷갈린다. 왜 하필이면 격자 무늬를 골랐을까?

"내 이름은 브루스라고 한다. 파충류 학회의 마케팅 부장이지. 너희 친구인 포 아저씨가 전화를 하셨어. 몽고메리 박사가 돌아가셨으니 뱀들을 회수해 가라고 말이다. 회수한다는 건 가져간다는 뜻이야."

"저희도 '회수'가 무슨 뜻인지 알고 있어요. 하지만 왜 뱀들을 데려가시는 거예요? 어디로 가게 되나요?"

클로스가 물었다.

"글쎄, 너희 셋은 부모님이 돌아가셨다며? 너희는 몽고메리 박사처럼 너희 앞에서 세상을 떠나거나 하지 않을 다른 친척 집으로 옮겨가게 될 거다. 이 뱀들도 돌봐 줄 사람이 필요해. 그래서 우리가 이 뱀들을 데려다가 파충류 학자들이나 동물원, 아니면 파충류 보호 시설로 보내려는 거란다. 갈 곳을 찾지 못한 뱀들은 안락사를 시켜야 할지도 모르지."

"그렇지만 이 뱀들은 몽티 삼촌이 평생에 걸쳐 수집하신 거예요. 몽티 삼촌은 수십 년 동안이나 온갖 고생을 무릅쓰고 파충류들을 모으셨어요. 그런데 그렇게 뿔뿔이 흩어지게 할 수는 없어요!"

클로스의 말에 브루스 아저씨는 부드러운 눈으로 아이들을 바라보았다.

"사실 네 말이 틀린 건 아니다. 그렇게 하는 게 가장 옳은 방법이긴 하지."

브루스 아저씨는 왜 그러는지는 모르겠지만 여전히 쩌렁쩌렁 울리는 커다란 목소리로 이야기하고 있었다.

"살무!"

서니가 빽 소리치더니 파충류의 방으로 기어가기 시작했다.

"제 동생이 하려는 얘기는요, 파충류의 방의 뱀들 가운데 아주 가까운 친구가 있다는 거예요. 저희가 그것을 데려가면 안 될까요? '죽음의 맹독성 살무사'라고 하는 뱀인데요."

바이올렛이 설명했다.

"한마디로 안 돼! 첫째로, 그 포 씨라는 사람이 말하기를 이제부터 이 집의 모든 뱀들은 파충류 학회의 소유라고 했어. 둘째로, 너희도 한번 생각해 봐라. 내가 어린아이들을 죽음의 맹독성 살무사 근처에 얼씬거리게 놔 둘 것 같으냐? 어림도 없는 소리지!"

"하지만 죽음의 맹독성 살무사는 사람을 해치지 않아요. 그 이름은 순전히 오칭이라고요."

바이올렛의 말에 브루스 아저씨는 머리를 긁적였다.

"뭐, 뭐라고?"

"'오칭'이란 잘못 지은 이름이라는 뜻이에요. 몽티 삼촌이 그 뱀을 발견해서 그렇게 이름을 지으셨대요."

클로스가 대답했다.

"몽고메리 박사는 무척 똑똑한 사람이었다고들 하던데……."

브루스 아저씨는 고개를 갸웃거리더니 격자 무늬 양복의 호주
머니에서 시가 한 개비를 꺼냈다.

"새로 발견한 뱀에게 이름을 잘못 붙여 주다니 똑똑한 처사라
고는 할 수 없겠군. 솔직히 말하면 어리석은 짓이지. 하긴 이름
이 몽고메리 몽고메리인 사람에게서 대체 뭘 기대하겠어?"

"남의 이름을 그렇게 우의적으로 이야기하는 건 좋지 못한 일
이에요."

클로스가 똑부러지게 말했다.

"아쉽지만 그 '우의적'이란 말이 무슨 뜻인지 물어 볼 시간이
없구나. 이 아기가 그 죽음의 맹독성 살무사에게 작별 인사를 하
고 싶다면 서두르는 편이 좋을 거다. 그 뱀은 벌써 실려 나갔으
니까."

브루스 아저씨의 말에 서니는 현관 쪽으로 방향을 틀고 다시
기어가기 시작했다. 하지만 클로스는 아직도 브루스 아저씨에게
할 얘기가 남아 있었다.

"저희 몽티 삼촌은 아주 똑똑한 분이셨어요."

클로스의 말에 바이올렛도 맞장구를 쳤다.

"네, 그랬어요. 몽티 삼촌은 정말 똑똑한 분이셨어요. 저희는

언제까지나 몽티 삼촌을 그렇게 기억할 거예요."

"똑똑해!"

서니가 기어가다 말고 빽 소리쳤다. 바이올렛과 클로스는 깜짝 놀라며 동생을 향해 환한 미소를 보냈다. 서니가 누구나 알아들을 수 있는 말을 하다니!

브루스 아저씨는 시가에 불을 붙이고 연기를 뿜어 올리고는 어깨를 으쓱했다.

"너희가 그렇게 생각한다니 잘됐구나, 꼬마들아! 어디를 가든 항상 행운이 함께 하길 빈다!"

브루스 아저씨는 팔목에 찬 휘황찬란한 다이아몬드 시계를 힐끗 내려다보더니 작업복 차림의 일꾼들을 향해 소리쳤다.

"빨리 일을 마칩시다. 늦어도 5분 안에는 마늘 냄새가 진동하는 그 길을 가고 있어야 해요."

"마늘이 아니라 고추냉이에요."

바이올렛이 고쳐 주었지만 브루스 아저씨는 이미 자리를 뜬 뒤였다. 바이올렛과 클로스는 서로를 마주 보다가 서니의 뒤를 따라 파충류들에게 작별 인사를 하러 밖으로 나가려 했다. 하지만 아이들이 문간에 이르렀을 때 포 아저씨가 문을 열고 들어와 또다시 아이들 앞을 막아섰다.

"일어났구나. 이제 침실로 올라가거라. 침대에 누워 다시 잠을 청해 봐야지. 내일 아침에는 일찍 일어나야 하니까."

"저희는 몽티 삼촌의 뱀들한테 작별 인사를 하고 싶어요."

클로스의 말에 포 아저씨는 고개를 가로저었다.

"브루스 씨를 방해하면 안 돼. 게다가 난 너희가 다시는 뱀을 보고 싶어하지 않을 줄 알았는데."

보들레어 가의 아이들은 서로 마주 보며 한숨을 폭 내쉬었다. 이 세상에는 도대체 제대로 되는 일이 없는 것 같았다. 몽티 삼촌은 돌아가셨고 올라프 백작과 갈고리 손은 달아나 버렸다. 브루스 아저씨가 몽티 삼촌더러 희한한 이름을 가진, 똑똑하지 못한 사람이라고 한 것도 잘못돼도 한참 잘못된 일이었다. 거기다가 아이들이 다시는 뱀들을 보고 싶어하지 않을 거라고 생각하다니. 아이들에게는 뱀들뿐만 아니라 파충류의 방에 있는 모든 것들이 몽티 삼촌의 집에서 보낸 행복한 며칠을 떠올리게 하는 것들이었다. 엄마 아빠가 돌아가신 후 정말 오랜만에 맛본 소중한 시간이었는데. 포 아저씨가 아이들이 파충류하고만 달랑 살겠다고 하는 걸 허락하지 않는다면 그건 이해할 만한 일이지만, 다시는 보고 싶어하지 않을 줄 알았다니 그건 말도 안 된다. 더군다나 작별 인사조차 나누지 못했는데!

아이들은 포 아저씨의 말을 귓등으로 흘리고 부리나케 현관참으로 달려나갔다. 현관에서는 작업복을 입은 남자들이 파충류 우리들을 차에 싣고 있었다. 자동차 뒤쪽으로 '파충류 학회'라는 글자가 또렷이 보였다. 하늘에는 보름달이 떠서 대지를 환하게 비추었다. 밝은 달빛이 유리벽을 비춰 주어 파충류의 방은 영롱한 빛을 뿜어 내는 커다란 보석이 되어 있었다. 눈부시게 아름다운 풍경이었다. 아이들이 달빛 가운데 빛나는 파충류의 방을 바라보면서 느끼는 감정은 남달랐다. 몽티 삼촌과 삼촌의 자상한 마음은 아이들의 가슴 속에서 언제까지나 눈부시게 빛날 터였다. 지금 아이들이 처한 암울한 상황에서도, 어쩌면 앞으로도 계속될지 모를 불행한 사건들의 와중에서도 그것만은 달라지지 않는다. 몽티 삼촌과 함께 한 시간들은 눈이 부시도록 가슴 벅찬 것이었으니까. 브루스 아저씨와 파충류 학회의 직원들이 몽티 삼촌의 파충류 표본들을 뿔뿔이 흩어 놓았지만, 아이들의 마음 속에 고이 간직된 몽티 삼촌과의 소중한 추억은 그 누구도 해칠 수 없었다.

"안녕, 잘 가! 안녕!"

트럭에 실리는 죽음의 맹독성 살무사를 향해 아이들은 열심히 손을 흔들었다. 살무사는 서니의 친구였지만 바이올렛과 클로스도 덩달아 눈시울이 뜨거워졌다. 아이들을 바라보는 살무사의 녹색 눈에서 반짝 빛나는 눈물 한 방울이 굴러 떨어졌다. 이 살무사도 눈부신 추억이 될 것이다. 아이들은 서로의 얼굴을 마주보았다. 눈가에 맺힌 눈물 방울이 달빛 속에서 눈부시게 반짝였다.

"넌 정말 똑똑해. 악마의 코브라에 대한 그 어려운 내용을 알아 내다니!"

바이올렛이 클로스에게 소곤거렸다.

"누나도 정말 똑똑해. 스테파노의 가방에서 증거를 찾아 냈잖아!"

클로스도 웅얼거렸다.

"똑똑해!"

서니도 거들었다. 바이올렛과 클로스는 서니를 꼭 껴안아 주었다. 살무사에게 물리는 시늉으로 어른들의 주의를 딴 데로 돌리는 데 성공한 건 오로지 서니 덕분이었다.

"안녕, 잘 가!"

보들레어 가의 아이들은 몽티 삼촌의 파충류들에게 손을 흔들었다. 아이들은 달빛 속에서 줄곧 손을 흔들었다. 브루스 아저씨가 트럭 문을 닫고, 트럭이 뱀 모양의 울타리를 빠져나가 이투성이 길로 이어지는 진입로로 들어설 때까지, 트럭이 길모퉁이를 돌아 마침내 어둠 속으로 사라질 때까지, 그렇게 언제까지나.

3권으로 이어집니다.

사려 깊은 편집장님께

저는 지금 '눈물샘 호숫가'에서 이 편지를 쓰고 있습니다. 보들레어 가의 아이들이 이 곳에 머물렀을 때 도대체 무슨 일이 있었는지 알아 내느라 조세핀 숙모의 집 잔해를 조사하는 참이지요.

다음 주 수요일, 오후 네 시에 카프카 찻집으로 찾아오세요. 거기서 가장 키가 큰 웨이터에게 자스민 차 한 잔을 주문하십시오. 제 적들의 계략이 성공을 거두지 못하는 한 그 웨이터는 자스민 차 대신 큼지막한 봉투 하나를 내줄 겁니다. 봉투 안에는 일련의 무시무시한 사건들을 묘사한 '창문의 비밀'이라는 제목의 글과 '음지의 동굴'의 스케치, 깨진 유리 조각들을 담은 작은 가방과 '고민하는 어릿광대 레스토랑'의 메뉴도 들어 있습니다. 또한 '눈물샘 거머리'를 담은 실험용 튜브도 볼 수 있을 겁니다. 그런데 한 가지 당부 드릴 말씀이 있습니다.

실험용 튜브는 절대 열지 마십시오!

부디, 기억하십시오! 보들레어 가 고아들의 이야기가

독자들에게 널리 전해질 수 있다면 그건 오로지 편집장

님 덕분입니다. 그러니 당신은 진정 제 마지막 희망입

니다.

가슴 깊이 우러나오는 존경을 바치며,

Lemony Snicket

레모니 스니켓

옮긴이 **한지희**

이화여자대학교에서 철학을, 대학원에서 미술사를 전공했다. 지금은 이화여대 철학과 박사과정에서 어린이를 위한 철학교육을 공부하고 있다. KBS 구성작가와 월간 『미술세계』 기자, 갤러리퓨전 큐레이터를 거쳐, 어린이철학교육연구소에서 아이들에게 생각을 나누고 여물게 하는 법을 가르쳤다. 현재 한국철학교육연구회 회원으로 활동하고 있다. 또한 철학 전공자들의 모임인 P4C(Philosophy for Children)에서 어린이를 위한 철학교육을 연구하는 세미나에 참여하고 있다. 지은 책으로 『그림으로 떠나는 생각여행』이, 우리말로 옮긴 책으로 『위험한 대결』 1~3권과 『아주특별한 인연』 『렛츠 아트!』가 있다.

위험한 대결 2 — 파충류의 방

초판 1쇄 발행 2002년 9월 9일 I 개정판 1쇄 발행 2010년 7월 7일 I 개정판 5쇄 발행 2016년 3월 31일
지은이 레모니 스니켓 I 그린이 브렛 헬퀴스트 I 옮긴이 한지희 I 펴낸이 염현숙
책임편집 이정원 I 편집 최윤미 I 디자인 이은혜
마케팅 정민호 나해진 박보람 이동엽 I 홍보 김희숙 김상만 이천희
제작 강신은 김동욱 임현식 I 제작처 한영문화사
펴낸곳 (주)문학동네 I 출판등록 1993년 10월 22일 제406-2003-000045호
주소 10881 경기도 파주시 회동길 210
전자우편 kids@munhak.com I 홈페이지 www.munhak.com
카페 cafe.naver.com/mhdn I 트위터 @kidsmunhak I 대표전화 (031)955-8888 I 팩스 (031)955-8855
문의전화 (031)955-8890(마케팅) (02)3144-3235(편집)
ISBN 978-89-546-0835-0 04840 I 978-89-546-0833-6(세트)

이 도서의 국립중앙도서관 출판예정도서목록(CIP)은 서지정보유통지원시스템 홈페이지(http://seoji.nl.go.kr)와 국가자료공동목록시스템(http://www.nl.go.kr/kolisnet)에서 이용하실 수 있습니다.(CIP 제어번호 : CIP2009001788)